그들은 만나고, 죽는다

차례

1장. 클럽 5p

2장. 킬러 49p

3장. 죽음 103p

4장. 그후 157p

작가의 말 178p

1장. 클럽 (Club)

1

해 질 녘 잠실. 어느 아파트 단지 정문 근처.
아무도 없는 주위를 초조하게 두리번거리는 20대 여자. 두꺼운 패딩코트에 부츠를 신고 한 손에는 스포츠백을 들고 있다.

　　　- 약속시간 10분 지났는데, 어디세요?

중고 거래 채팅창에 메시지를 찍어 보내는 여자.
〈여름옷 정리합니다〉라는 제목 아래, 30분 전부터 보낸 무수한 메시지들이 보인다.
상대가 묵묵부답이다. 양손을 맞잡은 채 필사적으로 궁리하던 여자. 갑자기 아파트 단지 안으로 뛰어 들어간다.

재활용 분리수거장.
헌 옷 수거함 쪽으로 다가가는 여자. 투입구 안으로 손을 집어넣더니, 안쪽에 들어있는 옷가지들을 미친 듯이 밖으로 빼내기 시작한다. 더 이상 손이 닿지 않자 돌아서서 빼낸 옷들을 살피기 시작한다. 티셔츠와 반바지를 발견하고는 몸에다 대본다. 얼추 맞다.
고개를 끄덕이는 여자. 옷들을 스포츠 백에 쑤셔 넣고 어디론가 뛰기 시작한다.

전철 개찰구 밖으로 뛰어나온 여자.
오래된 가로수가 늘어선 길가에 차들이 줄지어 주차되어

있다. 시간을 확인하면, 7시 정각. 약속시간이다.
 혼란스러운 표정으로 차들을 살피는 여자.
 비상 깜빡이를 켜고 있는 SUV를 보고, 마침내 표정을 밝힌다.
 가까이 다가가도 아무 반응이 없는 차. 짙은 선팅 때문에 안이 보이지 않는다.
 '똑똑똑'
 창문을 노크하면, 약간의 시간을 두고 살짝 내려가는 창문. 그사이로 개 한 마리가 콧등을 내밀고 킁킁거린다.
 "...누구세요?"
 차 안에 타고 있던 중년 여자가 의심스러운 눈초리로 묻는다.
 "아... 죄송합니다. 잘못 봤나봐요."
 화들짝 놀라며 차에서 떨어지는 여자. 황망하게 두리번거리는데...
 어디선가 들려오는 경적. 보면, 좀 떨어진 곳에서 비상 깜빡이를 켠 차가 눈에 들어온다.
 은색 중형세단의 모습. 조심스럽게 차 쪽으로 다가가면, 뒤쪽의 창문이 내려간다.
 보이는 얼굴은... 자기 또래의 여자다. 앞자리엔 또래 남자 둘이 더 있다.
 "K님?"
 "네."
 "말씀드린 거 가져오셨나요?"
 "네. 다 준비했어요."

"갈아입고 오세요. 입었던 옷이랑 소지품은 전부 가방에 담으시고요."
 손가락으로 가리키는 쪽을 돌아보면, 공원 화장실이 보인다. K가 고개를 끄덕이고 화장실로 향한다.

 길가의 중형세단 안.
 옆에 앉은 여자가 K를 보고 있다.
 불안한 듯 시선을 피하는 K. 슬리퍼를 신고, 반바지에 반팔을 입은, 완전한 여름 옷차림이다.
 "이 만남은, K님을 위한 선물 같은 거예요. 가서 하고 싶었던 말, 마음껏 하세요."
 운전석의 남자가 말한다. 운영자라고 했다.
 조수석의 남자와 옆의 여자는 회원이라고 했다. 오늘 처음 만났지만, 마지막이기도 해선지 전혀 신경 쓰이지 않는다.
 K는 자살클럽 의뢰인이다. 오늘 K는, 자신의 복수를 한 후 자살하기로 했다. 모든 일은 아무도 모르게 잘 처리된다고 했지만... 불안하다.
 아니, 일부러 불안하게 만들어 놓고 즐기는 것 같은 느낌이 든다. 의심을 떨치려는 듯, 고개를 흔드는 K.
 "숨을 참은 상태로 상대의 코를 향해 뿌리시면 돼요. 끝나면 연락하시고요."
 K에게 작은 스프레이 통을 건네는 여자.
 눈을 질끈 감는 K. 결심한 듯, 물건을 움켜쥐고 차 밖으로 나간다.

잠실 실내 놀이공원.
한 손엔 아이스크림을, 다른 손엔 풍선을 쥔 채 벤치에 앉아있는 K. 신기하게 쳐다보는 아이들의 시선을 억지로 외면 중이다. 얼마 후, 반바지 차림에 풍선과 아이스크림을 든 남자가 K에게 다가온다.
그대로 굳은 채 서로를 마주 보는 K와 남자.
"너였어?"
노려보며 고개를 끄덕이는 K. 남자가 만감이 교차하는 표정으로 한숨을 쉰다.
"...무슨 말을 하고싶은 거야?"
"왜 저한테 그랬어요? 전 단지 일을 하고 싶었어요! 저한테 왜 그러셨어요?"
"나도... 잘 모르겠어. 그냥 너랑 뭔가 잘 안 맞으니까, 나도 모르게 그랬던 것 같아. 미안하다."
황당함을 억누르며 남자가 말한다.
"사람 죽여놓고 미안하다면 끝이에요? 전 당신때문에 앞으로 살아갈 용기를 잃었어요. 제 상처 어떻게 하실 거예요?"
"글쎄... 호 해주면 안될까? 호~"
입을 오므린 채 장난스런 표정을 짓는 남자.
"호라고? 호!!!"
남자의 얼굴에 아이스크림을 집어 던지는 K.
멍해져 쳐다보는 남자를 뒤로한 채 그대로 자리를 뜬다.

화장실에 들어온 K. 호흡을 가다듬는다.
저 인간은 죽어도 자기의 잘못을 모를 것이다. 문득 저런

놈 때문에 이러고 있는 자신이 아까워졌다. 원수는 직장에서 만난다더니, 원수 같은 인간을 직장 상사로 만난 거다. 그냥 재수가 없었다. 넘어가자.
 한바탕 격정이 지나고 난 후의 진정이 찾아든다.
 눈물로 흐려진 얼굴을 씻는 K. 핸드폰을 꺼내 전화를 건다.
 "저... 죄송한데요, 이제 그만하고 싶어요."
 강하게 말하려고 했는데, 울먹이는 소리만 나온다.
 "그럴 수 없습니다 K님. 만나셨던 분은 처리됐습니다."
 "네에?!"
 "죽었어요. 심장마비로."
 "난... 아무 짓도 안 했어! 그만한다고요!"
 "K님이 죽인 거예요. 그분 가족과 지인들에게 사실을 알리면 어떻게 될까요? 아무도 모르게 가는 건 물 건너가는 거죠~ 아마 죽어서도 편치 못하게 될걸요?"
 손에 힘이 풀려 전화를 떨어뜨리는 K. 다시 전화를 들면, 수화기 너머 운영자의 차분한 목소리가 말한다.
 "이 날씨에 그 차림으론 어차피 아무데도 못 가요. 아까 내렸던 곳으로 다시 오세요."

 놀이공원 건물을 나오는 K.
 길가에 비상 깜빡이를 켠 은색 세단이 보인다. 다가가면 열리는 뒷문. K가 올라타면, 차는 어디론가 미끄러져 간다.

 망가진 차의 운전석에 앉아있는 K.

찢어진 천장의 틈새로 밤하늘을 보고 있다.
죽은 사람처럼 전혀 깜빡이지 않는 초점없는 눈.
모든 게 아득하게 보인다.
여기는... 폐차 압착기 안이다.

"일은."
다시 돌아왔던 차 안. 운영자가 K쪽을 돌아보지 않고 말했다.
"저희 방식으로 진행됩니다. 말씀드렸다시피 아무도 모르고, 아무에게도 피해 주지 않아요. K님께서는 금을 고르셨으니까, 이제 그 장소 이동하겠습니다."
"다른 것들과 뭐가 다른 거죠?"
"상당히 다릅니다. 미리 알려드리면 기대감이 없어지니까, 이 이상 설명은 못 드려요."
그 순간. 나머지 회원들의 시선이 전부 K를 향하고 있었다. 찬찬히 바라보는 시선. 그때는 어딘지 이상하다고만 생각했다.
지금. 밖으로 보이는 회원들의 시선이 아까와 똑같다.
이제서야 이해가 간다. 저들은 나를 감상 중이다.
차 안이 좁아지기 시작한다.
정신은 깨어 있지만, 몸의 어떤 부분도 움직일 수 없다. 소리 없는 비명을 지르는 K. 차량의 테두리가 몸을 향해 우그러든다.

2

상암동 미디어 지구.
각양각색의 영화 광고 포스터들이 전시된 회사 로비.
직장인들의 출근 행렬이 이어진다.
엘리베이터 안으로 밀려들어 가는 무리. 무표정한 얼굴들이 층수 표시를 향한다.
그중의 한 명. 자살클럽 운영자, 준수다.

21층.
불투명 유리문 위, '중앙 데이터 관제실'이라고 적혀있다.
보안카드를 찍고 안으로 들어서면, 극장 스크린 형태의 초대형 화면이 정면에 보인다.
영상이 움직이는 수많은 작은 네모의 화면들이 알록달록한 빛을 발하는 모습. 이 회사가 서비스 중인 영화와 드라마들이다.
각 화면마다 시청률과 집중도를 나타내는 그래프들이 시차를 두고 조금씩 바뀐다. 무슨 시세 전광판 같기도 하다.
앉아있던 직원과 꾸벅 인사를 나누는 준수. 직원이 물건을 챙겨 밖으로 나가면, 스크린 앞의 자리에 앉아 자신의 아이디와 비밀번호를 입력한다.

스트리밍 관리 담당자.

이 일은, 회사가 제공 중인 영상 스트리밍 현황을 관리감독 하는 것이다. 말이 관리감독일 뿐, 서비스 현황이 보이는 자리에서 교대자가 올 때까지 앉아있기만 하면 된다.

 모든 건 자동화 되어있고, 오류가 날 확률도 희박한 수준이다. 방송법상 책임질 인간 관리자가 반드시 있어야 하기에, 이 직책이 생겨났다.

 준수는 평일 아침 8시부터 오후 5시까지의 9시간 동안 근무한다. 주말과 휴일에는 쉰다.

 화면 중에 보고 싶은 영화를 하나 골라서 보고 있다가, 가끔 인공지능이 알리는 경고를 확인해 주는 게 일의 전부다. 10분 이상 자리를 비우면 절대로 안 된다. 그래서 매일 도시락을 챙겨와야 한다. 화장실은 관제실 내에 구비되어 있다.

 천재지변 상황에서도, 전 세계 주요 도시에 분산된 백업서버가 곧바로 서비스를 대체한다. 약간의 느려짐 현상만 감지될 정도로 대응력이 완비된 시스템. 해야 할 일이 있다면 미치지 않는 것 정도다.

 준수는 미치지 않았다. 스트리밍 관리 담당자가 의무적으로 받는 정기 심리검사 결과도 그렇게 나온다.

 대학 졸업 후 이 자리에 들어온 준수. 지난 7년간, 단 한 번의 특이점 없이 근무 중이다. 이 7년은 준수가 자살클럽을 넘겨받고 운영한 기간과 같다.

 준수가 자살클럽 운영자를 만난 건, 13년 전. 고등학생 때의 일이다.

3

준수네 집은 평범한 중산층이었다.
평범한 삶을 위해 그의 부모는 열심히 맞벌이했다.
주말에는 외식하고, 휴가철에 여행을 즐길 수 있는 삶.
그들은 평범한 동네의 아파트 단지에 살았고, 평범하게 TV를 보고, 식사하고, 쇼핑했다.
종교조차 평범하기 위해 믿었다.
평범한 삶을 살려면 평범한 회사원, 공무원, 전문직 종사자가 되어야 한다. 이를 위해 준수에게 조기교육을 시켰고, 평범하지 않은 것을 멀리하도록 개입했다.
가장 중요한 건, 되도록 좋은 대학의 무난한 학과에 가는 것이라고 했다.
죽고 싶다고 생각했다. 아니, 죽이고 싶었는지도 모른다. 언제부터인지 죽고 싶거나 죽이고 싶은 것의 중간쯤 되는 미묘한 감정이 준수를 짓눌렀다.

부모님 몰래 게임을 했다. 일정 부분 이런 기분을 해소할 수 있었기 때문이다. 마음껏 미친 짓을 했다. 게임으로.
죽이고, 죽고, 부수고, 빼앗고... 현실에서는 절대 용납 못할 일들이지만 게임일 뿐. 게임이 끝나면 존재하지 않았던 일이 된다.
게임 속에 암거래 시장이 있다는 이야기를 들었다.
게이머들끼리 훔친 아이템을 사고파는 뒷골목. 여러 다른 수상한 물건과 일들이 오간다고 했다.
가보니 상상 이상의 범죄소굴이었다. 돈만 주면 살인도 가능하다는 식의 대화들이 오갔다. 대부분 초등학생의 심심

풀이 허풍에 불과했지만, 준수에겐 현실로 다가왔다.
 자신을 죽여줄 사람을 한번 찾아보기로 했다.
 그리고 자살클럽 운영자를 만났다.
 '운영자'라는 닉네임. 처음엔 진짜 운영자인 줄 알았다. 준수의 말을 잠깐 들어보던 운영자는 만나자고 했다. 어쩌면 도와줄 수 있을지도 모르겠다면서, 만나서 차나 한잔하자고.

 학교를 빠지고 찾아간 곳은, 마포 근처의 어느 북카페였다. 정원 딸린 단독주택을 개조한 곳.
 나타난 사람은 50대 후반으로 보이는 장년. 기억에서 잊혀질 것처럼 생겼다고 생각했다.
 자신이 뭐 하는 사람인지 밝히지 않았지만, 북카페가 자기 거라고 했다. 돈이 많은 사람인 것 같았다.
 준수에게서 자기 자신을 봤다고 했다.
 내가 재밌는 걸 찾는 중이라고, 같이 놀아 볼 생각 없냐고 했다. 뭔 말인지...
 준수는 고개를 끄덕여 답했다.
 사실 집에서 벗어날 수만 있다면 뭐라도 좋았다. 자살까지 생각할 정도였으니까.

 운영자는 준수를 지하실로 데려갔다.
 무섭진 않았다. 그냥 절대로 무서울 수가 없는 그런 사람이랄까?
 어쩐지 핵전쟁 대피소 같았지만, 편안한 분위기였다. 휴식을 떠올리게 하는 TV와 책장, 소파들이 한켠에 있었고, 다른 쪽 책상엔 노트북과 구형 컴퓨터가 있었다.
 운영자는 자살클럽에 대해 이야기하기 시작했다.
 모집책이 자살할 사람을 데려오면, 자살을 돕는 일을 한다고 했다. 자살 의뢰인들을 '치킨'이라고 부른다고 했다.
 특별한 놀이인 듯 소개했다.

 하루 동안 준수에게 한 번의 전체 과정을 보여준 운영자.
 그날, 준수는 자살클럽 회원이 됐다.
 생각해 보면 선택권은 없었던 것 같다. 거절했다면 치킨과 함께 이 세상에서 사라졌을 것이다.

 "명색이 사람 목숨을 다루는데, 좀... 자세가 나와야지?"
 준수를 배웅하며, 운영자는 당장 해야 할 일을 알려줬다.
 홀로서기였다.
 활동에 필요한 돈은 직접 벌어야 한다고 했다.
 닥치는 대로 알바를 했다. 그렇게 번 돈으로 자신만의 공간을 만들고, 자살클럽 활동을 했다.
 물론 집과 학교의 생활은 그대로 유지하며.
 주변에선 어른스러워졌다고 좋아했다. 얼마 지나지 않아 그와 같은 반 학생 몇 명이 동반자살을 했고, 부모님이 불가사의한 사고를 당해 죽었다.
 장례식장엔 아무도 오지 않았다.
 갑자기 준수는 살이 붙고 키가 커졌다.

일은 일주일에 한 번 했다. 일이 없으면 그다음 주는 반드시 생겼다. 가끔 잔치가 벌어지듯 한 주에 두세 번을 몰아치기도 했지만, 어떤 규칙이 있는 것처럼 보였다.
 일의 과정은 다음과 같다.
 먼저, 모집책이 치킨과의 인터뷰 스케줄을 잡아놓고 알린다.
 자살클럽의 모든 연락은 오직 구형 컴퓨터에 설치된 비밀 프로그램상에서만 이루어졌다. 이 프로그램을 통해 인터뷰를 진행한다.
 인터뷰에서 치킨의 개인정보를 확보한 후, 세 가지 선택지를 준다.
 화, 금, 토.
 한자가 의미하는 뜻과 얼추 비슷한 죽음이다.

 화는 발전소 불에 타서 재가 된다.
 열병합 발전소의 발전기를 이용한다. 무인 운영 시스템의 허점을 이용해 보안을 뚫고 들어간다고 했다.
 오히려 이런 거대 보안 시설이 쉽다고 했다. 실제로 이 시설에 직접 가본 날, 준수는 운영자를 다시 봤다. 그는 무지막지한 능력자였다. 이 정도의 능력을 자기 취미생활에 이용할 정도의 미친놈이기도 했고.
 열병합 발전소의 발전기 안에 처음 들어갔던 그날. 준수는 운영자가 미쳤다는 사실을 진정으로 깨달았다.

 금은 폐차장에서 쇳덩어리와 하나가 된다.

중세의 고문을 떠올리게하는 고전적인 방식이다. 심지어 치킨은 소리 지르지도 못하는 상태다. 폐차기에서 버려진 차와 함께 압착된 후, 같은 방식으로 처리된 납작한 고철더미들 위에 쌓인다.
 이 고철들은 이후 용광로에서 녹여져 다시 쇠로 태어난다고 한다.

 토는 음식물 쓰레기와 함께 산 채로 갈린다.
 이 또한 운영자의 머리에서 나온 미친 발상이다. 말은 기존 거대 시설을 이용해서 일을 완벽하게 처리하는 방법 중 하나라지만, 해도해도 너무했다.
 가정용 음식물 분쇄기를 100배 정도 확대해 놓은 듯한 대형 쓰레기 처리기계를 활용하는 방법.
 이게 인간의 존엄성을 해치는 방식이라는 걸 잘 아는 듯, 가끔 마음에 안 드는 치킨을 일부러 이 방식으로 처리하며 즐거워했다.

 이상이 화, 금, 토의 내용이다.
 처리하는 쪽의 편의에 맞춘 결과라 치킨 입장에선 당황스러울 수 있다. 그래서 설명 없이 셋 중에서 고르라고만 한다.
 치킨을 밖에서 만난다. 혹시 모를 위험을 제거하기 위해 이리저리 장소를 바꾸며 맴돌린 후 만난다. 선택 장소 근처로 데려가서 준비시킨다. 특수 마취제 같은 걸로 움직이지 못하는 상태로 만든다. 처리한다.

이렇게 하면, 그야말로 어느 날 '뿅' 사라진 것처럼, 이 지구상에서 흔적도 없이 사라진다.

게임 끝이다.

보안상 일이 새어나가면 안 되기 때문에 인터뷰하면 100% 죽어야 한다. 따라서 치킨이 마음을 바꾸면, 찾아가서 그를 처리했다. 그런 일은 거의 없었지만, 극도로 긴장되는 일이다. 목격자 없이 완벽하게 처리해야 한다. 이런 문제 때문인지 치킨은 가족 없이 혼자 사는 사람들이 대부분이었다.

준수는 첫날부터 연쇄살인을 떠올렸다.

자살을 선택한 사람을 돕는 곳이라고 했지만, 이곳에 발을 들이는 순간, 그들은 의지와는 상관없이 죽임을 당하는 것이다.

이 인간은 놀이 중이었다. 사람을 죽이는 놀이.

혼자서 모든 일을 해왔다는 게 믿기지 않을 만큼 수고로울 때가 많았다. 60kg 이상 나가는 인간의 무게는 한 명이 감당하기엔 벅차다.

한 번은 100kg은 됨직한 치킨을 차에서 내리게 한 후 50m가량의 층계를 포함한 길을 따라 데려가야 했던 적이 있었다. 치킨은 계단을 오르기 직전, 제풀에 기절했다. 한쪽씩 팔을 잡고 쌀가마니처럼 질질 끌어 나머지 40m가량을 옮겼다.

준수는 비로소 왜 운영자가 자신을 선택했는지 완전히 이해했다.

둘은 호흡이 잘 맞았다.

대학을 졸업할 때쯤, 운영자가 죽었다.
준수가 죽였다.
준수에게 북카페의 소유권을 넘겨준 게 화근이 됐다. 북카페를 얻은 준수는 운영자를 죽여야겠다고 생각했다.
둘 사이에 문제가 있었던 건 아니다. 모든 일은 더할 나위 없이 완벽하게 진행되고 있었다. 북카페는 그동안 준수가 보여준 노력에 주는 운영자의 파격적인 보상이었다.
자살클럽 회원들은 서로에 대해 알지 못한다고 했다.
만일을 대비해서. 흔적을 남기지 않아야 하기에.
그렇다면 운영자를 죽이고 그 자리를 차지하더라도 모른다는 얘기다. 사람 바꿔치기가 가능하다는 말이다.
북카페는 다르다. 소유권은 정해져 있기 때문에 운영자가 죽으면 같이 끝난다.
북카페를 손에 쥔 순간. 준수는 자신이 운영자인 자살클럽을 떠올렸다.
운영자는 떠나야 했다.

운영자가 했던 대로, 게임 속 뒷골목에서 조력자를 골랐다.
뭔가 색다르게 하고 싶었다.
살인할 사람으로 여덟 명을 모았다. 그리고 그 여덟 명에게 서바이벌 게임을 시켰다. 고개를 갸웃할지 모르겠으나, 당사자들은 진지하게 받아들였다.

외면당하고 억눌린 욕구가 마침내 알아봐 주는 사람을 만났던 것.
그들은 굶주려 있었다.

준수는 이들에게 게임용 핸드폰을 지급했다.
어느 게임에서의 방식처럼, 핸드폰에 서로의 위치를 확인할 수 있는 프로그램을 깔아놨다. 그리고 자정을 넘긴 시각의 텅 빈 명동에 점점이 풀어놨다.
동틀 때까지 한 명이 돼야 한다고. 게임을 잘하려면 게임처럼 살 수 있어야 한다고 설명했다.

승자는, 소장이라는 닉네임.
전자담배 액상 제조실에 근무하는 20대 여자였다. 약물 제조의 천재였다. 빌딩과 빌딩 사이의 사각지대에 숨어서 자신이 만든 신경독으로 다 죽였다. 거미가 그려진 오토바이를 자전거처럼 타고다녔다.

소장이 자살 의뢰를 한 것처럼 속여 운영자를 잡았다.
운영자에게 마지막 선택권을 주기는 했다. 그 정도는 해줄 수 있으니까.
불에 태워 한 줌의 재로 만드는 '화'였다.
그날, 하늘에는 난데없는 뇌우가 쳤다.

곧바로 한 명을 더 구해야 했다. 소장을 견제할 사람으로.
운영자에게 한 것처럼 준수도 당할 수 있기 때문이다.

일부러 찾으려니 쉽지 않았다.
포기하려 할 때쯤, 적임자가 나타났다.
테이커라는 닉네임. 어떻게 했는지 해킹으로 핸드폰을 잠가놓고 돈을 요구해 왔다.
살인에 끌리지 않았다면, 준수의 돈만 챙기고 떠났을 것이다. 중국 서버를 경유한 해커를 잡을 수 있을 리 만무하다.
준수가 자살클럽 이야기를 던졌더니, 테이커가 물었다.
처음 만나던 날, 그는 보라색 스포츠카를 끌고 나타났다.
스트릿 레이싱을 한다고 했는데, 어쩐지 게임과 현실을 잘 구분하지 못하는 것처럼 보였다.

새로 온 두 회원과 함께, 준수는 운영자가 되어 다시 자살클럽을 시작했다.
게임 닉네임으로 부르며, 게임 클랜의 느낌으로 운영한다. 일이 있으면 모이고, 없을 땐 뭘 하든 알아서 내버려 둔다. 하는 짓이 살인이니 알아서 좋을 게 없어서라지만, 그러는 게 쿨 하니까 그랬다.
자살클럽만의 스타일을 만들고 싶었다.
테이커는 영등포에서 온다고 했고, 소장은 건대 쪽이라고 했다. 다들 준수와 마찬가지로 직장을 다니면서 활동했다.
회원들끼리 서로 안다는 말이 아니다. 그냥 대충 어디서 뭐하는 정도로만 안다는 얘기다. 모집책들은 아예 어떻게 생겼는지도 모르고. 생각해 보면, 지껄이는 자기 이야기들 자체가 전부 다 거짓말일 수도 있다. 아무튼.
예상대로 이전 운영자의 죽음을 알아채거나, 찾아오는 사람은 없었다. 모든 일은 그 전과 똑같이 흘러갔다. 그렇게 자살클럽은 준수의 클럽이 됐다.

4

 저녁 시간. 마포의 북카페.
 자전거를 탄 준수가 속도를 늦춘다. 회사 근처에서 저녁을 먹은 후 상암에서 마포까지 기분 좋게 달려왔다.
 13년 전과 달라진 게 없는 북카페의 모습.
 하지만 그사이 주변은 완전히 변했다. 가게 주인들도 싹 다 갈리고, 건물도 다 새로 지어 올렸다.
 그 자리엔 프랜차이즈가 들어섰다. 모든 게 갈수록 피폐해지고 삭막해졌다. 연쇄살인의 시대가 온 것처럼 느껴질 정도니까.
 근처에 주차된 보라색 스포츠카와 까만 오토바이가 보인다. 테이커와 소장이 들어왔다는 증거다. 저렇게 비싸 보이는 탈것을 타고 다녀도 다들 준수처럼 오피스텔에 월세 산다고 했다.
 이런 종류의 삶에 뿌리는 붙지 않는다.
 부유하는 삶. 어쩌면 이 공통점이 그들을 결속시키는 보이지 않는 손 일지도.

 마당 한켠에 은색 세단이 서 있다.
 일할 때만 사용하는, 추적 불가능한 대포차. 1년이 되면 폐차하고 또 다른 은색 세단을 들인다. 먼저 간 운영자의 방식을 그대로 따랐다.

 카페 안.
 사방에 책으로 가득한 책장이 둘러져 있다.
 드문드문 여유롭게 놓인 테이블과 소파들. 있는 듯 없는 듯 숨겨진 손님들이 책장을 넘긴다.
 한쪽의 주방 겸 카운터엔, 알바가 따분하다는 듯 핸드폰을 보고 있다. 알아보는 알바에게 손을 흔들어 주는 준수.
 특별한 상황이 아닌 한, 알바는 한 달에 한 번 바꿔준다. 알바라기보다 한 달 있다가 가는 손님 정도의 느낌이다.
 곧바로 지하실로 향하는 계단을 내려가는 준수. 알바에겐 독서모임이라고 해뒀다.

 클럽실도 처음 모습 그대로다.
 구형 컴퓨터가 놓인 책상이 한쪽에, 다른쪽은 여유로운 휴게 공간.
 TV에 못 보던 게임기를 연결해 놓고 게임을 하는 테이커와 소장. 지난 7년간, 이들 사이도 제법 가까워졌다.
 잠깐동안 저 둘이 죽이려고 덤벼드는 장면을 상상하는 준수. 바지 오른쪽 뒷주머니, 항상 지니고 다니는 2만 볼트짜리 전기 충격기를 한번 쥐어본다. 이거면 안심이다.
 오늘은 손님이 오는 날이다. 치킨과 인터뷰가 있는 날을 그렇게 부른다. '파라다이스'라는, 자살클럽의 두 모집책 중 하나가 알려왔다. 다른 하나는 '판타지아'다. 왜 이름이 다 이 모양인지는 알 수 없다. 분위기상 연배가 지긋한 회원일 거라 짐작할 뿐이다.
 인터뷰 시간인 저녁 7시가 얼마 남지 않았다.
 구형 컴퓨터 앞에 앉아 전원을 켜는 준수. 보일러 돌아가는 듯한 소음과 함께 컴퓨터 화면이 뜬다. 여러 번의 메시지를 끝으로 모든 것이 준비된 듯 깜빡이는 커서. 비밀번호를 입력하자 빈 화면으로 바뀐다.
 자살클럽 대화방의 기본 화면. 새로운 메시지는 없다.
 모든 건 이 화면을 통해서만 이루어진다. 추적이 불가능한 프로그램으로 만들었다고 했다.
 "시간 됐어요. 모이세요."
 준수가 부르자, 테이커와 소장이 의자를 챙겨와 앉는다.
 "자. 오늘도 일의 무사태평을 기원하면서, 우리가 누구예요?"
 "데스 트리오."
 일행이 복창한다.
 그들의 주인이 누구인지를 알리는 간단한 방법. 날뛰는 말을 조련하기 위한 고삐 같은 역할의 세리머니.
 전 운영자는 준수에게 경례를 시켰다.
 이런 식으로 이 살인마들이 함부로 자신의 격한을 넘보지 못하도록 매일 조금씩 각인시켜 둔다.
 잠시 빈화면을 응시하는 셋.
 갑자기 화면 위로 한 줄이 나타난다.

  파라다이스_ 자살클럽에 의뢰합니다.
  운영자_ 안녕하세요. 핸드폰 인증으로 시작할게

요.
　　　운영자_ 번호 찍어주세요.
　　　파라다이스_ 010 - xxxx - xxxx

　노트북에 띄워놓은 해킹 프로그램에 번호를 입력하는 테이커. 이걸로 신원 인증 사이트를 뚫는다.
인증번호 입력 메시지가 나타난다.

577283

　인증번호를 입력하면, 상대의 개인정보가 뜬다. 준수가 노트북을 잠시 넘겨받는다.

　　　운영자_ 박민구씨. 40세. 삼성동이 집이고
　　　운영자_ 지금 계신 곳은 도봉산이죠?
　　　파라다이스_ 네
　　　운영자_ 여기가 어떤 곳인지 알고 오신 것 맞죠?
　　　파라다이스_ 제가 죽이고 싶은 사람이 있는데요,
　　　　　　　도와주실 수 있다고...
　　　운영자_ 가능합니다.
　　　파라다이스_ 어떻게요?
　　　운영자_ 그건 걱정하지 않으셔도 됩니다.
　　　운영자_ 저희만의 방법이 있으니까요.
　　　운영자_ 단, 죽일 수 있는 사람은 한 명입니다.
　　　파라다이스_ 어떻게 죽이냐니까요?

잠시 서로를 바라보는 일행. 이런 식으로 되묻는 건 좋지 않은 신호다. 결국 다 죽는 건 마찬가지지만, 일이 번거로워진다. 준수가 한숨을 쉰다.

   운영자_ 독으로요. 저희 쪽에서 드립니다.

상대방이 잠시 응답이 없다. 기다린다.

   파라다이스_ 느끼는 고통의 정도는요?
   운영자_ 죽는다는 것도 모른 채 죽습니다. 잠들듯
     이요.
   파라다이스_ 고통스러워야 하는데 ..
   운영자_ 다 되셨으면, 지금부터 제가 시키는 대로
     하세요.
   운영자_ 준비되셨나요?
   파라다이스_ 생각 좀 해봐야겠어요 다시 올게요
   운영자_ 네? 잠깐만요.
   운영자_ 박민구씨?

응답이없다.

"...지금, 먼저 나간 거야?"
어이없다는 표정으로 일행을 보는 소장.
"아주 싹수가 누렇네~ 바로 출발하나요?"

비밀유지를 위해 상대를 처리한다는 소리다. 지금까지 엇나간 의뢰인들은 모두 그렇게 처리됐다.

테이커가 재수 없다는 듯 손바닥을 탁 친다.

"생각해 본다니까, 하루 정도는 기다려 보죠."

웃으며 대답하는 준수. 생각지도 못하게 농락당했다.

흥미로운 상대일수록 더 큰 만족을 주는 법. 뭔가 일이 터질 것 같은 스릴이 느껴진다.

눈을 감은 채 천천히 숨을 들이마시는 준수. 그 떨림을 음미해 본다.

5

신촌 근처의 오래된 주상복합 건물.

얼마나 오래됐으면 문에 열쇠를 쓴다. 3층까지는 상가고, 4층부터가 오피스텔이다. 자살클럽 회원이 되면서부터 아지트 삼아 지내기 시작했으니, 13년이 됐다.

준수가 이곳을 택한 이유는 CCTV가 없어서다. 물론 엘리베이터엔 있다. 그래서 계단으로 다닐 수 있게 4층에 산다. 자살클럽에 들어온 후론 기록이 남는 건 뭐가 됐든 되도록 피했다.

계획이 틀어진 오늘, 평소보다 두 시간이나 일찍 왔다. 상가 입구로 이리저리 드나드는 사람들이 보인다.

그동안 사람들과의 접촉을 최대한 피하기위해 밤 11시 이후에 왔었다. 이때면 상가가 문을 닫고 인적이 끊겨서다. 어디서 영화나 한 편 보고 올까 하다가 그냥 왔는데... 어지

간히 내키지가 않는다. 이럴 바에야 출입문을 따로 쓰는 단독주택을 구하는 게 낫겠다.

 비상계단을 올라가는 준수.
 준수와 같은 층에 열 집이 살지만, 서로 누군지 얼굴도 모른다. 이상한 점은, 여태 출퇴근을 반복하는 동안 복도에서라도 마주친 사람이 없었다.
 한낮이나 한밤중에만 나온다는 소리다. 이렇게 사람이 살지 않는 것처럼 정지된 느낌이 마음에 들었었는데...
 오늘, 누군가와 마주칠 것 같은 불길한 예감이 든다.
 위쪽에서 누가 급하게 문을 열고 뛰쳐나오는 소리가 들린다. 4층인 것 같다.
 젠장, 한 명이 더 있다.
 미친 듯이 계단을 뛰어 내려오는 소리와 함께 나타나는 웬 젊은 여자와 뒤이은 어떤 남자.
 "살려주세요!!"
 여자가 소리 지르며 무작정 준수의 뒤로 숨는다.
 남자를 향해 준수를 방패막이 삼는 여자. 눈앞에 다가온 남자는 손에 칼을 들고 있다.
 순식간에 벌어진 상황에, 어정쩡하게 남자를 마주 선 준수. 남자가 준수를 향해 칼을 휘두르면, 반사적으로 손을 올려 막는다.
 느낌이 이상해진 자신의 손을 들어 올려 보는데...
 피다!
 준수를 보며 주춤하는 남자. 그대로 달아난다.

410호 안.

준수는 401호다.

여자의 집, 410호에 들어와 버렸다.

경찰에 신고하려는 걸 준수가 말렸다. 남자에게 보복당할 수 있다는 이유를 들었지만, 경찰수첩에 신상정보가 기록되는 상황만큼은 절대. 절대로 피하고 싶었다.

다행히 손바닥 상처에서 피가 잘 흘러줬다. 410호의 관심을 지혈 쪽으로 돌리는 데 성공했다.

오른쪽 손바닥을 가로지르듯 10센티가량 베인 상처. 손금 생명선을 완전히 끊어놨다. 점점 상처주위가 화끈거리기 시작한다.

수건으로 손을 꽁꽁 동여매 지혈하는 동안, 410호가 응급처치할 약을 사 온다며 나갔다.

집 구조는 똑같다. 남향 건물에 통창으로, 현관 바로 옆에 화장실이 있고, 곧바로 나타나는 거실 겸 부엌 겸 방.

볕이 잘 들어서 두꺼운 암막 커튼이 달린 것도 같다.

침대, 식사 겸용 테이블에 의자, 작은 냉장고까지... 있을 건 다 있다.

여러 형태로 출력된 사진들을 벽면 가득 붙여놓았다. 주변에서 흔히 볼법한 인물에 풍경들이지만, 어딘지 살아있는 것 같은 생기가 느껴진다. 사진을 찍는 사람인 것 같다.

그나저나 이 상황을 어떻게 할지 문제다. 마침내 자신을 알아보는 이웃이 생겨버렸다.

경우의 수를 생각해 보는 준수.

이사 가기.

어차피 오피스텔이라 나간 줄도 모르게 갈 수 있다. 그런데 어디로 가지?... 이건 갈 장소에 대해 생각할 시간이 필요하겠다.

죽이는 건?

때마침 문에서 딸깍거리는 소리가 들린다.

나타나는 410호의 모습. 뭔가를 한 꾸러미 가득 사 들고 돌아왔다.

상처를 소독하며 자꾸 쳐다보는 410호.

"왜 그러세요?"

"표정이... 안 아프세요?"

"아~ 당연히 아프죠. 참을 만해요."

준수의 반응에 고개를 갸웃거린다.

"다 됐어요."

테이프로 완벽하게 붙여진 자신의 상처를 타라보는 준수.

어쩐지 한두 번 해본 솜씨가 아니다.

문득 이상한 느낌에 410호 쪽을 돌아보면,

정확히 자신을 노려보고 있는 카메라의 모습.

얼굴을 가릴 새도 없이 플래시가 터진다.

멍한 채 410호를 바라보는 준수.

사진을 찍히면, 영원히 남는다. 혹시 잡지나 인터넷에 나가는 날엔...

"걱정 마세요. 그렇더라도 허락받고 할게요."

속마음을 읽기라도 한 듯 말한다.

"이건 감기약인데, 쓸만해요. 염증방지 성분도 들어있어요. 상처는 하루 동안은 물에 닿지 않게 하시고요."

어정쩡하게 서서 주는대로 받는 준수. 잠시 서로 마주 선 채로 정적이 흐른다.

"오늘 도와주셔서 고맙습니다."

꾸벅 인사하는 410호. 멀뚱히 멈춰있는 준수를 문밖으로 밀어내고 문을 닫아 버린다.

완벽하게... 당했다.

6

마포 북카페 앞.

길가에 택시가 서면, 비틀거리며 택시 밖으로 내리는 준수. 다친 손으로 무리하지 않으려 오늘 하루 택시를 타고 다녔다. 상처가 욱신거려 410호가 준 감기약을 계속 먹었는데, 몸에서 열이 나더니 환청까지 들릴 지경이 됐다.

클럽실에는 아직 아무도 오지 않았다.

시간을 보면, 저녁 6시. 회원들은 아마 6시 반이 넘어야 나타날 것이다.

어젯밤, 잠을 설친 준수. 소파에서 잠시 눈을 붙이기로 한다. 눕자마자 무겁게 누르던 눈이 저절로 감긴다.

꿈속.

캄캄한 어둠을 달리고 있는 준수.
목뒤로 와 닿는, 사악한 시선을 느낄 수 있다.
차갑고 기분 나쁜 존재다.
정교하게 만든 그것의 함정에 빠진 채, 관찰당하는 느낌.
벗어날 수 없다는 걸 안다. 공포영화의 악마를 향한 두려움 같은 거다.
뛰어가다 보면, 텅 빈 학교 운동장이 나타난다.
다닥다닥 붙은 네모난 창문들. 어두컴컴한 건물 출입구가 아가리처럼 입을 벌리고 있다.
가지 않으려 해도 의지와는 상관없이 움직이는 몸. 버텨보려 안간힘을 쓰지만, 출입구 쪽으로 계속 밀려들어 간다.

그것은 교실에 있다.
온몸으로 알 수 있다. 솜털 하나하나가 소름에 질려 반응한다.
어느새 자신의 뒤쪽에 따라붙은 교복 차림의 괴물들. 하나같이 녹다가 만 듯한, 흐릿한 모습이다.
준수를 주시하며 일정한 거리를 유지한다.
문득 오른쪽 뒷주머니를 만져보는 준수.
전기 충격기가... 없다.
지금 당장. 여기서 싸워야 한다.
계속 교실과의 거리가 가까워진다.
처음엔 손이 떨어진다.
떨어져?
썩은 것처럼, 힘없이 떨어진다.

안돼, 제발... 안돼!!!!

갑자기 몸을 일으키는 준수. 테이커와 소장이 옆에서 자신을 보고 있다.
완벽한 무방비 상태에서 덮쳐오는 질식 같은 공포... 어쩐지 치킨이 느끼는 공포 같다고 생각한다.
뭔가 피부에 들러붙는 것 같아서 보면, 옷이 식은땀으로 완전히 젖어있다.
눈을 부릅뜬 채 그대로 젖은 몸을 바라본다.
"운영자님 이런 모습 처음인데요? 귀엽다~ 어머! 손이 왜 이래요?"
손에 칭칭 감긴 붕대를 발견한 소장의 눈이 동그래진다.
"그럴 일이 있었어요. 괜찮아요, 별거 아녜요."
시간은 6시 40분. 잠깐이라도 자니 한결 낫다.
방금 도착했던 듯, 테이커와 소장이 TV 앞에 앉아 게임을 시작한다.
저들에게 약하게 보이면 전 운영자처럼 될지 모른다.
비틀거리며 1층으로 올라가는 준수. 화장실로 들어간다.
한쪽 손으로 열심히 세수하는 준수.
다시 정신을 차린다.

> 파라다이스_ 그 사람, 제 손으로 죽일 수 있는 것 맞죠?

7시가 되자, 화면에 떠오르는 한 줄. 어제의 치킨이 돌아왔다!

> 운영자_ 네 맞습니다. 하지만 상대에게 고통을 줄 순 없습니다.
> 운영자_ 모든 건 저희 쪽에서 지시한 대로만 따라 하셔야 합니다.
> 운영자_ 하실 수 있겠어요?

일부러 배려하듯 의사를 제차 확인한다. 실제론 일이 시작되면 배려따윈 없다. 제대로 못 하면 더 빨리 죽을 뿐이다.

> 파라다이스_ 제가 뭘 해야 하나요?

치킨의 대답에 서로를 바라보며 의미심장한 미소를 짓는 일행.

> 운영자_ 자살클럽에 오신 걸 환영합니다.
> 운영자_ 원하시는 애칭 있으시면 말씀해 주세요.
> 파라다이스_ 미래로 하겠습니다. 제 딸 이름입니다.
> 운영자_ 미래님. 화, 금, 토 중에서 선택하세요.
> 운영자_ 자살 방법이에요.
> 파라다이스_ 토요. 이건 뭐죠?
> 운영자_ 질문은 안 받습니다. 묻는 갈에만 대답하세요.

운영자_ 자살을 왜 하려고 하세요?
파라다이스_ 어쩌다 보니 그렇게 됐네요. 죽은 딸
의 복수만 할 수 있다면, 저 죽는 건
상관없습니다.
운영자_ 잘 오셨어요.
운영자_ 상대방 이름과 연락처를 알려주세요.
파라다이스_ 용필성, 010-xxxx-xxxx
운영자_ 알겠습니다.
운영자_ 두 시간 뒤, 논현동 시장골목 사거리로
오세요.

인터뷰가 끝난다. 컴퓨터를 끄는 준수.
이제 놀이를 위해 필요한 준비를 해야 할 시간이다.
각자의 노트북을 갖고 모여앉는다.
전 운영자는 희망 고문 하는 걸 즐겼다. 여유 있게 하루라는 시간을 두고 충분히 괴롭혔다. 일하는 것도 힘들었지만, 당하는 쪽도 반항이나 이탈이 많았다.
준수는 두 시간 안에 치킨을 만나고, 끝날 때까지 빠르게 몰아친다. 빠르게 일하니 재미는 커지고, 일은 더 수월해졌다. 의뢰하는 쪽도, 일하는 회원들도, 양쪽 모두가 만족감을 느끼는 최적의 타이밍을 찾아낸 거다.
빠른 일 처리를 위해 고안한 방식이 미션 주기다. 게임하듯, 최대한 괴상하게. 그래서 한 겨울인 요즘엔, 머리부터 발끝까지 여름 차림으로 갈아입힌다. 이 이상한 미션을 잘 따라 하는 사람은 조금이라도 더 살 수 있는 거고, 이걸 거

부하거나 제대로 못 하면 시작하기도 전에 끝낸다.
 빠르고 효과적인 판단 장치다.
 이 법칙은 치킨이 죽이려고 하는 복수 상대에게도 동일하게 적용된다. 신이 아닌 이상, 상대의 가장 치명적인 약점을 골라서 쓰기 때문에 미션을 준 차림으로 끌려 나온다.

 "어? 이분, 뭔가... 심상치 않은데요?"
 테이커가 준수에게 노트북 화면을 보인다. 용필성의 핸드폰 안 동영상들이 떠 있다. 누군가를 처형하는 영상들.
 그가 범죄조직 두목이라는 걸 말하고 있다.
 "사납겠네요~ 안 물리게 잘 도려내 주세요~"
 대수롭지 않다는 준수의 대답. 테이커가 쓴웃음을 짓는다.
 어차피 나오는 사람은 약점잡힌 피해자일 뿐이다. 조폭 두목이라 해서 그 사실이 달라지지는 않는다.
 문제는 안 나올 수가 있다는 거다.
 만약 안 나온다면? 치킨에겐 안 됐지만 어쩔 수 없다. 그냥 넘어간다.
 하지만 지금껏 단 한 번의 예외 없이 전부 다 나왔고, 다 죽었다. 그 정도를 해내는 게 테이커의 해킹 능력이기도 하다.
 용필성의 모든 걸 파악한 테이커. 그의 숨겨놓은 애인을 약점으로 써보자고 제시한다.
 의견을 주고받으며 하나씩 필요한 사안을 결정하는 일행.
 일을 처리할 장소를 정하고, 시작부터 끝날 때까지의 동선을 짠다.

뿔테 안경을 쓰고 점검하는 테이커. 내장 무전기에, 보고 있는 광경을 선명한 화질로 실시간 전송하는 초소형 카메라까지 달린 특수장비. 효율적인 일 처리는 물론 관람의 재미까지 고려해서 만든, 테이커의 창작품이다.

독이 든 스프레이 통을 꺼내 보이는 소장.

이렇게 모든 준비가 끝이다.

이번 치킨의 처리 방식은 '토'. 서울 외곽의 쓰레기처리장에서 일이 끝난다.

북 카페 밖으로 나온 일행. 은색 세단을 타고 강남을 향해 출발한다.

7

개포동 근처.

길가에 주차된 차들 사이의 은색 세단. 차 안의 준수, 소장, 테이커가 몸을 숙인 채 어느 한 곳을 바라보고 있다.

사람이 떠나간 후의 텅 빈 빌라를 배경으로, 팬스 아래 서 있는 중년 남자 한 명. 치킨이다.

스포츠백을 든 채 누굴 기다리듯 주위를 두리번거리는 모습.

"안전한 것 같네요. 시작할게요~"

준수가 소장과 테이커를 쓱 둘러보면, 알았다는 듯 고개를 끄덕인다.

경적을 울리며 비상깜빡이를 켜자, 치킨이 다가오기 시작한다.

치킨 쪽으로 창문을 내리는 소장.

응대를 소장이 맡는 이유는, 테이커가 실시간으로 해킹 프로그램을 맡고 있고, 준수가 운전을 담당하기 때문만은 아니다.

치킨들이 제일 말을 잘 듣기에 한다.

일이 잘못될 경우, 치킨들은 소장의 손에 죽는다. 셋 중에 가장 빨리 뛴다는 것뿐만이 아니다. 그녀는 킬러 수준의 공격이 가능한, 인간 살인 병기다.

자신을 죽일 치명적인 것에 본능적으로 끌린다는 말이 맞나보다.

"미래님?"

창밖에 선 치킨이 고개를 끄덕인다.

"말씀드린 건 다 준비하셨나요?"

"네."

"길 건너 상가에 화장실이 있을 거예요. 갈아입고 다시 이쪽으로 오세요. 입었던 옷이랑 소지품은 전부 가방에 담으시고요."

치킨이 머뭇거린다. 이 관문을 넘으면 다시는 못 돌아온다는 걸 아는 것 같다.

"이제 곧 죽는데, 끝까지 그럴 거예요?"

보다못해 소장이 던진 말에 웃음 짓는 치킨. 마침내 화장실 쪽으로 간다.

강남역.

한 해의 마지막 날 저녁. 거리는 온통 들뜬 분위기로 넘쳐

난다.

 두꺼운 외투로 꽁꽁싸맨 사람들 사이, 여름 옷차림을 한 채 걸어가는 치킨.

 복수를 실행하는 중이다. 모든 준비는 끝났다.

 강남역 지하상가를 향해 가고 있다.

 약간의 거리를 두고, 소장이 뒤따라간다. 변장처럼 뿔테안경을 착용한 모습. 소장의 시선 안에 보이는 치킨은, 밖에 대기 중인 차 안에서 준수와 테이커가 화면으로 지켜보고 있다.

 치킨이 실패할 경우, 뒤따르던 소장이 나머지 일을 처리한다.

 계단을 내려서면, 눈앞에 펼쳐지는 미로 같은 지하 상점가.

 갑자기 치킨이 전속력으로 도망치기 시작한다. 순식간에 인파 사이로 사라지는 모습.

 "비상. 치킨 달아남. 어떻게 해요?"

 내장된 무전기에 들릴 정도로만 작게 속삭인다.

 치킨이 현장을 무단 이탈한 경우는 처음 있는 일이다.

 "...용필성 부터 처리하세요."

 약간의 시차를 둔 대답. 소장이 원래의 목적지를 향해 빠른 걸음으로 걸어간다.

 지하상가 한가운데에 위치한 실내정원.

 치킨의 복수 장소로 정해준 곳이다.

 테이크아웃 음료가게와 옷가게들로 둘러싸인 곳. 정원 주변으로 앉을 수 있는 자리들이 마련되어 있다.
 반바지에 반팔 차림으로 앉아있는 어떤 여자의 모습.
 먹잇감을 찾는 매의 눈으로 주변을 경계하고 있다.
 용필성이 아니다.
 소장. 무표정을 유지한 채 스쳐 지나가듯 그 장소를 벗어난다.
 "용필성도 안 나왔어요. 여기서 나갈 테니까, 역삼역에서 봐요."
 빠르게 걸으며 속삭이는 소장. 인파 속으로 사라진다.

 얼마 후, 차 안.
 "안 켜지네~ 핸드폰 부순 거 같은데?"
 해킹 프로그램을 조작하던 테이커가 말한다.
 가만히 듣고 있던 준수. 문득 치킨이 두고 간 스포츠백을 열어보는데... 안에는 폐지만 가득하다.
 "용필성쪽은요?"
 "연결이 끊겼네? 핸드폰에 들어갈 수가 없어요. 설치되면 못 지우는 건데?"
 "그쪽에도 잘하는 애가 있나 보내~ 하긴 조폭이니까 충분히 그럴 수 있지."
 고개를 끄덕이며 소장이 맞장구를 친다.
 "아무래도 당한 것 같은데요? 양쪽 다 우리가 지켜본다는 걸 미리 안 것처럼..."
 "어? 저 사람?"
 갑자기 창밖을 보던 소장이 소리친다. 가리키는 곳을 보면, 일행이 탄 차를 향해 다가오고 있는 어떤 남자.
용필성이다.
똑바로 쳐다보며 한쪽 손으로 밖으로 나오라는 손짓을 하고 있다. 보는 것만으로도 온몸에 얼어붙는 두려움이 전해지는 느낌. 조폭답다.
브레이크를 잡은 상태로 엑셀을 있는 힘껏 밟아 엔진을 준비시키는 준수. 사이드미러를 통해 뒤쪽에 나타난 차 한 대를 확인한다. 짙은 선팅으로 안이 보이지 않는 차. 일당일 것이다.
붕대를 감은 손으로 핸들을 꽉 움켜쥐면, 빨갛게 피가 배어 나오는 모습. 어느 순간, 기어를 바꿔 전속력으로 후진하는 준수. 뒤차의 정면을 그대로 받아버린다!
에어백이 터지며 풍비박산 난 뒤차량.
재빨리 기어를 바꿔 그 자리를 빠르게 벗어난다.

한강 변 주차장.
일행이 탄 차 안에 정적이 흐른다.
"치킨 집부터 가봐야 하지 않을까요?"
테이커가 먼저 말을 꺼낸다.
"애초에 조폭 죽이려고 하는 것부터가 심상치 않더라니~"
소장이 한숨을 쉬며 창밖으로 시선을 돌린다.
"아쉽지만, 이 일은 여기서 손 떼죠."
준수의 말에 일행이 놀라서 쳐다본다.
"치킨이 뭔가 하려고 해도, 우리가 가만히 있으면 저쪽에서 할 수 있는 일은 없어요."
"파라다이스 쪽은 어떻게 할 거예요?"
소장이 묻는다.
"우리처럼 그쪽도 만일의 상황에 대한 준비는 항상 되어있으니까. 걱정할 거 없어요."
다시 침묵.
준수는 일을 시작한 지 얼마 지나지 않았을 때를 떠올린다.

"일이 크게 잘못될 경우엔, 컴퓨터만 챙겨서 다른 데로 가버리면 된다."
운영자는 대수롭지 않다는 듯이 말했다.
"그마저 여의치 않을 경우에는, 한동안 쥐 죽은 듯이 숨어 있으면 되고. 자살클럽은 로그인 해야만 나타나는 공간이다. 비밀번호를 모르면 존재하지 않는 곳이ㅈ. 그래서 회원들끼리 서로 알려고 하지 않는 거다. 만에 하나 무슨 일이 생겨도 모른 척하면 끝이니까."
그렇게 모집책과 치킨은 자살클럽의 위치를 절대로 알 수가 없게된다. 이러한 보안원칙이 자살클럽을 계속할 수 있게 한다고 운영자는 말했다. 어느 한쪽에 문제가 생겨 정체가 발각될 위기에 처해도, 자살클럽은 신기루처럼 찾을 수가 없다는 것.
그때의 준수도 뭔가 찝찝한 느낌이었다. 뭔가 본질적으로 잘못된. 아니, 잘못될 수밖에 없는 일을 하는 것 같은 느낌. 눈앞의 상대가 단추를 어긋나게 채우는 걸 보고 있을 때와

같달까? 지금 일행의 표정도 별다를 게 없다.
"아~ 칼칼한 거 땡겨. 짬뽕 어때요 회원님들?"
분위기를 바꾸려는 듯한 준수의 제안. 소장과 테이커가 억지로 고개를 끄덕인다.

동네 중국집.
한강 변에 차를 버리고, 걸어서 여기까지 왔다.
틀어놓은 TV에서 한 해의 얼마 안 남은 시간이 생방송으로 흐르는 모습. 배달 전문인 듯, 잡동사니들이 테이블 위까지 놓여있다.
일행의 테이블에 짬뽕을 차려주는 직원. 배달이 있는 듯, 철가방을 챙겨 들고 서둘러 밖으로 나간다.
나란히 앉은 소장과 테이커. 맞은편에 앉은 준수가 혼자 묵묵히 짬뽕을 먹기 시작한다.

"용필성이 어떻게 우릴 쫓아왔을까?"
먼저 말문을 연 소장.
"역 추적한 것 같아. 걱정하지 마. 바로 정리했으니까. 지금 중요한 건 치킨이야. 빨리 죽여야 돼."
테이커가 받는다. 둘의 시선은 김이 모락모락 나는 짬뽕을 향하고 있다. 어째 멍 한 느낌이다.
"이렇게 작정하고 뒤통수를 쳤는데 무슨 수로? 이 이상 움직이면, 치킨한테 끌려가는 거야~"
소장이 핀잔을 준다.
"어떻게 보면 우리랑 하는 짓이 똑같은데? 그쪽이 미끼를 던진 거고, 우리가 문 거고. 혹시, 치킨이 용필성이랑 짠 건 아닐까?"

말을 하던 테이커가 뭔가 떠오른 듯, 표정이 진지해진다.

"만약에... 어떤 치킨이 처음부터 우리를 죽일 작정으로 온다면?"

"설마, 그런 미친놈이 있다고?"

테이커를 새삼 쳐다보는 소장. 확신에 찬 테이커의 옆얼굴은 이미 그렇다고 말하고 있다.

"오늘 같은 상황이면, 충분히 그럴 수 있어. 뒤집어 생각해보면 우린 죽이기 딱 좋은 타깃이잖아? 죽여도 별 연관성도 없을 테고, 딸린 식구도 없고."

아까부터 찜찜한 기분의 진짜 이유가 여기 있다. 죽이는 건 재밌어도, 죽임을 당하는 건... 용납할 수 없는 일이다.

팔짱을 낀 채 맞은편의 준수를 바라보는 테이커. 대답을 바라듯 일행의 시선이 준수에게로 모인다.

"서로, 믿어요? 자기 자신도 믿지 않잖아? 여기 들어올 때도 상대와의 거리를 계산하고 탈출구까지 봐뒀을 텐데?"

준수의 말에 피식 웃는 테이커와 소장. 어이없다는 건지, 들켰다는 건지 알 수 없다.

"잘 알겠지만, 전 운영자도 클럽을 통해 삶을 끝냈어요. 자살클럽은 누구에게나 열려 있을 겁니다. 앞으로도 계속."

한순간, 완전히 다른 존재가 된 듯 차가워진 목소리.

"클럽을 찾아오는 치킨들이 진화했다면, 우리도 거기에 맞춰야죠?"

"말 돌리지 마시고요~"

소장이 빈정거린다.

"그러니까. 오늘 이후론 치킨과 만나지 않는 상태로 일을 진행하면 되겠다고요."

동의를 구하듯 바라보는 준수의 시선. 소장과 테이커가 딴 곳을 본 채 외면한다.

TV에서 시작되는 카운트다운 소리. 마지막이 가까운 듯 점점 소리가 커진다.

"우리가 누구죠?"

대답이 없는 일행.

"우리가 누구예요~"

"데스 트리오."

마지못해 복창하는 둘. 그제야 준수가 씩 웃는다.

당분간은 모이지 않는 걸로 해요. 일 생기면 연락할 테니까 메신저 잘 확인해 주세요.

말을 마치고 먼저 자리를 뜨는 준수.

TV에선 새해를 알리는 외침과 함께 사람들의 환호성이 쏟아진다.

2장. 킬러 (Killer)

1

1월 1일 아침 10시.
이태원 해밀톤 호텔 앞.
완전히 텅 빈 거리를 바라보며 여자가 서 있다. 강해 보이는 눈매. 검정 가죽재킷에 온통 검정으로 입은 모습. 보통의 사람들과는 완전히 다른, 날 선 긴장감이 감돈다.
선호는 부동산 중개인을 기다리는 중이다.
매년 1월 1일 아침은 선호가 그 해의 살 집을 구하는 날이다. 아무도 집을 찾지 않는 겨울, 한 해가 시작하는 날 아침이야말로 완벽한 집을 만날 수 있다. 가장 악성 매물이 마침내 희망을 포기한 다음 날 이니까.
전화를 하면 언제나 일은 일사천리로 진행된다. 신기하게 전 세계 어딜 가나 똑같았다.

터지듯 울리는 최신 가요 벨소리.
민영미. 이 핸드폰의 원주인 이름이다.
매년 다른 신분으로 위장한 채 거처를 바꾸는 선호. 어제 저녁, 의뢰인과 함께한 망년회 자리에서 영미의 핸드폰과 신분증을 지급받았다.
죽은자에게 예를 갖추는 것처럼, 자신을 찾아온 영미에 대해 최소한의 맥락을 알고 사용하는 게 도리라고 생각한 선호.
약간의 수고를 들여 알아본 바에 의하면, 네일샵을 운영하다가 진 빚 때문에 신분증과 핸드폰을 조직에 넘긴 케이스라고 한다. 이제 영미는 말단 조직원으로, 조직이 운영하는 물품 보관소에서 제2의 인생을 살고 있다고 했다.
 전화를 받자, 숙취가 역력한 중년 남성의 목소리가 시작된다.

 부동산 중개인이 선호를 데려간 곳은, 골목길을 차로 십여 분 들어간 끝에 나타난 곳. 낡은 주택들이 다닥다닥 붙어있는 동네의 한 옥탑방이다.
 건물 옥상에 올라서자, 맘만 먹으면 다른 집 지붕 위로 뛰어다닐 수 있을 것 같은 뷰가 펼쳐진다.
 "좋네요. 여기로 할게요."
 집 안에 들어가지도 않고 말하는 선호. 중개인이 뭔가 할 말을 망설이는 사람처럼 잠시 선호를 쳐다본다.
 "...여기 열쇠 받으시고요. 계약서는, 시간 나실 때 사무실 한번 들르세요."
 찝찝한 표정으로 열쇠를 건네는 중개인. 도망치듯 자리를 뜬다.

 갑자기 사람만 사라진 듯한 집 안 풍경.
 쓰레기를 포함한 모든 것이 그대로 방치돼 있다.
 예상했던 것에서 크게 벗어나지 않는다.
 싱크대에서 라면을 발견하고 냄비에 물을 올리는 선호. 끓는 사이에 주변을 가볍게 정리한 후, 라면을 먹기 시작한다.
 때마침 울리기 시작하는 핸드폰 진동음.
 벗어둔 재킷에서다. 끈질기게 계속 울리는데 ..

묵묵히 라면을 먹는 선호. 다 먹은 후에야, 옷에서 핸드폰을 꺼낸다.

영미의 폰이 아닌, 구형 핸드폰.

의뢰용 핸드폰이다.

"의뢰는 1년에 한 번만 받는다는 걸 아실 텐데요?"

"회장님이... 살해당하셨습니다."

전화 속 상대방은 링링. 그녀가 말한 회장님은 선호에게 처리할 일을 부탁하는 의뢰인, 암흑가 보스, 용필성 회장이다.

지난 10년간, 선호는 1년에 한 번. 용회장이 의뢰한 표적을 제거하며 전 세계를 떠돌았다. 표적 대부분은 이권 다툼의 상대방. 죽어 마땅한 나쁜 놈이거나, 죽여도 시원치 않을 놈들이었다.

선호의 머릿속, 지나온 순간들이 주마등처럼 흐른다.

"위치를 알려주세요. 지금 출발하겠습니다."

킬러생활 10년째의 첫날. 갑작스러운 의뢰의 주인공은, 죽은 용회장이다.

2

10년 전.

정신이 드는 선호. 캄캄한 어둠이다.

이래서야 눈을 뜬 건지 감고 있는지 모를 정도다. 지하실 특유의 습한 콘크리트 냄새가 난다.

입안에 남아있는 비릿한 피 맛. 머리 뒤쪽에서 심한 화끈

거림이 느껴진다.

 마지막 기억은, 306호실에 박차고 들어간 것. 안에 있던 놈들에게 경고하면서 총을 한 발 쐈는데, 총이 발사되지 않았다. 가까이 있던 놈들이 덤벼들어서 두 놈 정도를 때려눕히다가 갑자기 텅!... 필름이 끊겼다.

 누군가 뒤에서 내리친 것 같다. 머리 뒤쪽을 만져보는 선호. 칼로 찌르는 듯한 통증과 함께 부어오른 부분이 만져진다.

 "여보세요?! 아무도 없어요!!"

 어둠을 향해 소리치는 선호.

 갑자기 눈부신 빛이 한줄기 생겨난다. 핸드폰 화면이다. 누군가 서 있었다. 곧이어 스피커폰을 통해 통화 연결음이 들리고, 상대방이 받는다.

 "몸은 좀 어때?"

 정체를 알 수 없는 남자 목소리.

 "지금 뭐 하는 거야? 나 경찰이야. 이러고도 무사할 거 같아?"

 "죽을 사람 살려줬는데, 섭섭하네? 니가 살아있다는 걸 아는 사람은 이제 이 세상에 나 뿐이다."

 어둠속에 들려오는 목소리는 선호에게 진실을 말하기 시작한다.

 몇 시간 전. 서울 강남의 한 모텔 근처.

 승합차 안에서 강력반 형사들이 출동 대기 중이다. 가죽재킷 차림의 선호도 있다.

작전을 지시하는 반장.
 선호가 단독으로 방에 들어가 상대의 주의를 돌리고있으면, 나머지 팀원들이 일시에 진입해서 일망타진한다는 것. 306호실에서 대규모 마약거래가 있다는 첩보다.
 아직 1년도 채 되지 않은 신참 선호. 작전때마다 차량에 남아 기다리는게 일이다. 이번 일을 멋지게 해 내면, 더 이상의 찬밥 신세는 없을 거라고 생각했다.

"걔네는 그날 거기서 다 죽을 예정이었어."
 306호실에 있었던 마약사범들 얘기다. 마약과는 상관없는, 경쟁 조직의 조직원들이라고 했다.
"반장 이름이 오세영이지?"
"...어떻게 우리 반장님을 알지?"
"니네 반장이 원래는 걔네랑 붙어먹던 사이였거든. 그놈들 대신 우리를 선택했어. 둘 사이에 뭐가 잘못됐겠지, 그래서 우리한테 기회가 온 거고."
 한 마디 한 마디가 비수가 되어 선호의 심장에 꽂힌다. 갑자기 몸이 덜덜 떨리기 시작한다.
"반장은 널 희생양으로 쓴거야. 경찰이 하나 죽으면, 죽인 놈을 갈갈이 찢을 명분이 서니까."

선호가 경찰이 되고싶었던 이유는,
삶이 너무 끔찍해서 였다.
도저히 이해할 수 없는, 악의에 찬 계모의 학대.

처음엔 잘 해 보려고 노력했었 던 것 같다. 죄책감에 짓눌린 채, 잘못을 반성하며.

소용없었다.

울면서 매달릴수록 학대는 더욱 뜨겁게 지져졌다.

언제부턴가 자신의 잘못과는 상관 없는 일이란 걸 알았다. 그 후엔 말이 없어지고 조용해 졌다.

그 순간이 오면, 선호는 자신을 인형이라고 생각했다. 그렇게 고통에서 벗어나는 방법을 터득하기 시작했다.

생각지도 못했던 순간은 경찰서에서 찾아왔다. 누군가의 아동학대 신고로 경찰의 보호를 받던 순간, 처음으로 느낀 평온함. 그때부터 선호에겐 경찰이 되면 구원받을 수 있고, 복수할 수 있을거라는 희망이 생겼다.

그 희망의 불씨로 선호는 학대의 시간을 견뎌냈다. 신기하게도 복수감정은 점점 연민이 되었다.

선호는 성장해버렸다.

계모조차 학대에 흥미를 잃고 자신의 삶으로 돌아갔다.

어쩌면 강한 것에 약한, 악의 특성 때문일지도 모르겠다.

모든 난관을 뚫고, 꿈을 이뤄낸 선호.

그렇기에 경찰의 배신은 죽음보다 더한 것이었다.

그날 죽었어야 할 선호를 용회장이 살려줬다.

그때 그자리에 있었던 용회장이 선호를 살리기로 선택한 것.

용회장은 킬러가 필요했다.

선호는 딱 알맞은 적임자였다. 세상에서 완벽하게 버려진 존재.

선호는 영혼을 팔아서라도 복수를 해야 했다. 정의의 탈을 쓴 악마에게.

용회장의 제안을 받아들였다. 선호를 죽인 반장을 첫 번째 타깃으로 한다는 조건 하에.

용회장과의 만남은 이렇게 시작됐다.

선호는 안다. 거절했다면 죽었을 거란 걸.

그날. 모텔 306호에서는 방화로 인해 불탄 시체 7구가 나왔다.

사건은 경찰 1명과 마약사범 6명이 죽은 걸로 종결됐다.

완전히 불타버린 잔해에서 신원을 증명하기란 쉽지 않다. 그 자리에 남겨진 선호의 총이 선호가 죽었다는 증거를 대신했다.

그날 이후, 선호는 세상에 존재하지만 존재하지 않는 사람이 됐다.

어느 상가 안, 성인 오락실 입구.

불투명 필름 위, 산신령과 선녀가 탱고를 추는 것 같은 그림이 그려져있다.

"한번 해봐. 다녀와."

일수가방을 건네는 용회장. 테스트라고 했다. 이 가게 사장에게 가서 돈을 받아오는 것. 용회장이 보냈다고 하면 알아들을 거라고 했다.

문을 열고 들어서자 자신에게 쏟아지는 열댓명의 험악한 시선. 각자 손에 연장을 하나씩 쥐고있다.
 "너냐? 용회장이 보낸게?"
 벼르고 있었던 듯, 잔뜩 흥분한 남자가 노려보며 묻는다.
 "아~ 씨..."
 대답이 끝나기도 전에 달려드는 놈들. 한 놈을 때려 눕히고, 빼앗은 연장으로 다음 놈을 날리고...
 미친듯이 싸운 끝에 정신을 차려보면, 전부 다 해치웠다!
 피묻은 돈다발을 들고 오락실 밖으로 나오는 선호. 기다리던 용회장이 박수를 친다.
 "시험에 통과한 걸 축하해! 앞으로 잘 부탁한다."
 정식으로 악수를 청하는 용회장. 그 손을 잡는것으로 선호의 킬러 계약은 성립됐다.

 용회장 집 지하실.
 불을 켜면, 사방이 두툼한 충격흡수 매트로 둘러진 넓은 공간이 드러난다. 샌드백과 각종 운동기구들이 구비되어 있는 모습. 용회장 전용 무술 훈련장이다.
 선호와 용회장이 무술 도복 차림으로 한 가은데 마주 선다.
 "뛰어."
 용회장의 지시로 운동을 시작하는 선호. 몸을 풀고, 부위별 격투기 기술을 훈련한다.

 테스트는 킬러로서의 자질을 알아본 자리였다고 했다. 그

곳에 있던 놈들은 용회장과 전쟁중인 다른 조직으로, 선호를 죽일 준비가 되어있었다.

살의는 충분 하니, 선호에게 필요한건 기술이라고 했다.

각종 무술 유단자로, 베테랑급 싸움 실력자인 강력반 반장을 처리하기 위해선 그를 실력으로 넘어서야 한다. 이종격투기 선수 출신인 용회장이 선호를 직접 가르치기로 했다.

모든 일의 첫 번째가 가장 중요하다는게 용회장의 철학이다. 이 일을 통해서 킬러로서의 기술을 증명해 내라고 주문했다.

위장 신분을 받아 거처를 구하고, 용회장의 훈련장으로 출퇴근을 시작했다.

아침부터 밤까지 구슬땀을 흘리며 훈련하는 선호. 그렇게 두 달이 지나자, 격투기 선수와 대등한 정도가 됐다.

세 달째인 어느 밤. 아파트 공사현장 10층.

뼈대만 지어진 상태의 아파트 내부. 콘크리트 바닥 위에 사람이 한 명 서 있다. 강력반 반장이다.

"뭐야~ 한 밤중에 사람 불러놓고."

다가오는 그림자를 발견하고 짜증을 내는 반장.

그 그림자가 선호라는 걸 알아보고 깜짝 놀라 물러서면, 선호가 기합소리와 함께 달려든다.

급박하게 뒤엉키며 시작되는 싸움.

고수 답게 빠르게 냉정을 되찾는 반장. 선호를 점점 난간으로 몰아가는데... 마지막 순간. 찰나의 일격을 명중시키는 선호.

반장이 기절 상태로 쓰러지며, 까마득한 아래로 추락한다.

반장이 떨어진 자리를 내려다보는 선호. 어느새 옆으로 다가온 용회장이 함께 그 광경을 지켜본다.

"이쪽 세계에선 친구도, 적도 없다. 그 순간에 맞는 선택과 행동이 있을 뿐이지."

선호의 어깨를 두드려주는 용회장. 먼저 자리를 뜬다.

주위로 피가 번져가는 시체의 모습.

용회장에게 권력을 쥐어줬던 반장도 그렇게 끝났다.

첫 의뢰를 성공한 선호. 이 후 용회장의 전폭적인 지원 하에 여러 전문가들로부터 총, 칼, 약물등을 이용한 다양한 암살 기술을 하나씩 마스터했다.

선호의 요구는 한 가지였다. 1년에 한 번만 의뢰를 받겠다는 것.

선호가 킬러가 된 건, 어느 날 갑자기 벼락처럼 내려쳐진 일. 선택권이 없었다. 그래서 죽을 위험은 되도록 피하고 싶었다.

요구는 받아들여졌다. 조직 입장에서도 비밀스럽게 일을 처리하려면 움직임이 많아 좋을 것이 없어서다.

킬러로서 할 일은 두 가지였다. 흔적 제거를 위해 1년에 한 번, 안전한 곳으로 거처를 옮기는 것. 그리고 의뢰를 정확히 처리 할 몸과 마음을 단련하는 것. 다른 모든 건 조직에서 해준다.

안전한 거처에서 1년을 산다.

책을 읽거나 무술 훈련을 하며 대부분의 시간을 집 안에서 보낸다.
특별한 일이 없으면, 외출은 일주일에 한 번.
서점에서 하루종일 시간을 보낸 후, 다음 한 주간의 장거리를 사들고 돌아오는 일정이다. 그래서 주로 옥탑방을 고른다. 옥상의 실외 공간이 어느정도 외출의 효과를 준다.
동네는 되도록 극빈층 지역을 고른다. 폭력과 범죄가 만연한 곳일수록 완벽한 은신처다.
감시하는 눈도, 남 신경쓰는 사람도 없다.
이런 곳에서 살아간다는 건, 어떤 의미에선 선택받은 존재다. 먹잇감의 냄새를 귀신같이 알아차리는 늑대같은 놈들이 득실대는 곳.
누군가 집에 들어와서 뭔가를 가져가면, 그대로 둔다. 옆에서 가게 주인과 강도가 싸움을 벌일 때도 눈 하나 까닥하지 않고 가던 길을 간다. 서로가 서로를 알아보고, 각자의 길을 갈 뿐이다.
정글의 법칙처럼, 슬럼가의 법칙이 존재한다.
의뢰를 마치면, 다시 얼마간의 일상을 보낸 후, 다른 곳으로 떠난다.

계약이 끝나는 경우는 두 가지라고 했다. 조직이 없어지거나, 조직에서 은퇴 시켜주거나. 물론 선호가 죽을 경우는 당연하니까 빼고 말이다. 위의 두 경우가 아닌 이상 킬러 계약은 지속된다. 죽을 때까지.

3

 청담동 주택가 공원.

 벤치 위, 패딩옷에 달린 모자를 푹 덮어쓴 채 모로 드러누운 사람의 실루엣이 보인다. 고급 주택가 한 복판에 꽁꽁 숨겨진 공원이라 노숙자 일리가 없다. 게다가 이렇게 언듯한 날씨에 노숙을 한다는 것 자체가 자살행위다. 술에 취해 잠든 것 같은 저 사람이 죽은 용회장이다.

 차에 나란히 앉아있는 링링과 선호의 시선이 용회장이 있는 벤치를 향하고 있다.

 용회장의 오른팔, 링링을 처음 만났던 건, 선호의 두 번째 의뢰 장소인 상하이에서다.

 8년 전. 용회장은 상하이에서 작은 사업을 시작했다.

 국내에서 자리잡는 것과 해외 지점을 동시에 키운다는 용회장의 야심찬 발상. 당연히 현지의 방해를 받았다.

 장사가 자리를 잡자, 이권에 개입하려는 그 지역 깡패들이 왔다. 온갖 악행을 서슴없이 저지르는 악랄한 조직이었다. 이들은 용회장이라는 배후를 모른 채 보호비를 뜯기 시작했다.

 의뢰는 그 조직의 두목을 제거하는 것.

 두목은 언제나 부하들에 둘러싸여 있어서 접근이 쉽지 않은 반면, 외국인인 선호는 쉽게 눈에 띄는 상황이었다.

 현지 조력자의 도움이 절대적으로 필요한 상황.

 용회장에게 현지 인력을 요청했고, 그렇게 링링을 처음 만났다.

ring ring.
직접 지은 이름이라고 말했다. 소리의 울림이 좋아서 선택했다고...
전화가 올때의 설래임 같기도 하고, 반지가 두 개 인 것 같은, 풍요로운 느낌을 주는 이름이라고 했다.
한국인의 피가 흐르는 상하이 한인 3세. 이제는 잘 하지만, 처음엔 한국말을 더듬 거렸다.
그녀는 은신처의 주인이기도 했다.

링링의 특기는 해킹이다.
인터넷에 연결되기만 한다면, 어떠한 시스템이라도 들어가서 맘대로 주물러 놓는게 가능한 그녀. 차량 시스템에 침투해 사고로 위장한 폭발을 일으킬 수 있는 수준이다. 인간으로 치면 주술사같은 존재? 일종에 컴퓨터계의 마녀다. 이 특기 때문에 용회장에게 스카우트 되었을 것이라고 추측할 뿐이다. 집 밖에서 흉악한 놈들을 상대할 땐, 그만한 무기가 필요했을 테니까.
당시에도 링링의 지원을 받아 의뢰를 성공적으로 마칠 수 있었다.
그때 부터 지금까지, 선호에게 용회장의 의뢰를 전달하고, 의뢰에 필요한 일들의 뒤를 봐준게 링링이다.

걸려온 전화를 받는 링링.

스마트폰 화면위, 초등학교 여자애의 얼굴이 떠있다. 용회장의 딸, 세라다.
 링링이 영상통화 승락 버튼을 누른다.
 "아빠는요?"
 "급한 일로 공항에 가셨습니다. 며칠 걸릴거라고 하셨어요."
 선호의 시선에 요양원 표시를 한 승합차가 나타나 선다. 밖으로 내리는 흰 가운 차림의 두 남자. 벤치에 누워있는 용회장을 휠체어로 옮긴다.
 링링이 부른 처리 전문가들이다.
 "누가... 왔대요?"
 "아무도 안왔다고 하셨어요."
 "진짜 아무도 안왔다고요?"
 "걱정 마세요 아가씨~ 누가 그냥 장난 친 것 같아요. 회장님이 아가씨 여행 좀 시켜주라고 하셨어요, 홍콩으로."
 "우와, 정말요?! 끼앙!~"
 아침 일찍 이상한 전화에 잠이 깬 세라. 수화기 너머의 목소리는 전해줄 물건이 있으니 밖으로 나오라고 했다. 자신은 이미 죽은, 세라와 같은 반 아이라고 하면서. 물론 음성변조된 목소리였다.
 겁에질린 세라는 용회장에게 달려갔다. 용회장은 주변에 연락도 없이 곧바로 혼자 나갔다고 한다.
 쉬는 날이지만, 어김없이 루틴에 맞춰 러닝머신을 뛰던 링링. 아침 9시쯤, 용회장이 연락이 안 된다는 세라의 연락을 받았다. 용회장 집에서 5분 거리에 사는 링링이 도착했을

때, 용회장은 죽은 지 꽤 시간이 흐른 상태였다.

 훈훈한 분위기로 세라와의 통화를 마치는 링링. 돌아서서 선호에게 노트북을 건넨다.
 필요한 조사를 마친 듯, 화면에 어떤 남자 사진이 한 장 떠 있다.
 "박민구. 작년에 자살한 아가씨 반 학생의 아빠에요. 자영업잔데, 아가씨 때문에 자기 딸이 죽었다고, 아가씰 처벌하겠다고 몇 달 동안 난리를 피웠죠. 실종 후 인천대교에서 버려진 차량을 발견했다고 해서 죽은 줄 알았는데, 살아있었네요. 아마 조력자들이 더 있을겁니다."
 "이 사람이요?"
 사진 속 남자는, 어디에서나 볼 수 있는 중년 남자다. 평범한 옷차림에 약간 마른듯한 생김새, 안경을 쓴 모습.
 "신경독을 쓴 것 같아요. 성분조사 결과는 분석팀에서 오늘 중으로 알려줄 겁니다. 전철을 타고 장지역에서 내린것까지 확인했습니다."
 "이 사람 집은요?"
 "다 처분했어요. 주변과 연락도 끊어진 상태고요. 모텔이나 차에서 지냈을 겁니다."
 딸을 죽인 아이의 아빠를 죽인거다. 하지만 죽은 사람이 용회장이라면 이야기가 달라진다. 그것도 범행을 완전범죄로 위장할 수 있는 신경독까지 썼다니... 뭔가가 상당히 꼬여있다.
 "그렇군요... 그럼, 시작하죠."

"한가지 더 있습니다. 이런 날이 오면, 회장님은 당신께 선택권을 주라고 하셨습니다. 저희와 일을 계속 할수도. 아니면 이 일을 끝으로 은퇴할 수도 있습니다."

 죽은 후에 해야 할 일들을 미리 말해뒀단 말인가? 이토록 철저한 사람을 죽였다는 건, 상대가 이런 사람을 넘어서는 존재일지도 모른다는 말이다.

 눈앞에선 링링이 가슴 밑바닥을 들여다 볼겻처럼 선호의 눈을 응시한다.

 "...시간이 필요해요. 일 하면서 생각해 볼게요."

 선호의 대답에 링링이 알수없는 미묘한 표정을 짓는다.

 "알겠습니다."

 미끄러지듯 현장을 벗어나는 차. 타깃이 사라진 장소로 향한다.

4

 장지역.

 산 골짜기를 떠올리는, 거대한 직사각형의 주상복합 건물이 길 양쪽으로 펼쳐진 모습. 건물과 건물 사이로 지하 광장까지 이어지는 온갖 상점들이 즐비하다.

 벌집같이 촘촘해 보이는 수백 개의 창문을 타라보는 선호. 여기 사는 사람은 이 한 장소를 벗어나지 않고 모든 활동이 가능할 거라고 생각한다.

 다른 말로, 숨어 살기에 완벽한 곳 처럼 보인다.

가까운 카페에 들어온 선호.

새로운 환경에 적응 할 겸, 예상 장소 근처에서 대기하기로 했다.

이 주변 보안 시스템에서 타깃의 흔적을 찾고있을 링링. 그리 오래 걸리진 않을 것이다.

음료를 앞에 둔 채 명상하듯 눈을 감는다.

앞으로 벌어질 상황들을 머릿속에 그려보는 선호.

타깃의 정보가 오면, 곧바로 해당 장소로 진입한다.

방법은 그때 그곳의 상황에 맞추면 되고,

타깃을 잡으면 누가 시켰는지, 누가 도왔는지를 묻는다. 몸을 묶어놓으면 더욱 효과적이지만, 대부분의 타깃은 그 즈음의 선호를 만나면 거의 움직이지 못한다.

그 다음엔, 죽인다.

원인불명의 자연사로 보이게 할 독약을 쓴다.

알아낸 배후 세력이 있을 경우, 또한 빠르게 움직여 제거한다.

이번 일 처럼, 어디로 튈 지 모르는 상황일수록 속도가 중요하다. 속도가 빠를수록 상대의 반격은 약해지면서, 이쪽의 정확도는 올라간다.

의뢰의 끝은, 이제 곧 만나게 될 타깃과, 이 일에 연관된 놈들이 모두 제거되는 순간이다.

핸드폰 진동음에 눈을 뜨는 선호. 링링에게서 온 메시지다.

테라폴리스 C동 1327호

예상대로 타깃은 벌집 중 한 곳에 있었다.
카페에서 나온 선호. 안내 표지를 확인하며 테라폴리스 C동을 향해 간다.

유리 보안문 앞.
근처에서 기다리다 문이 열릴 때 슬쩍 들어가는 선호.
생각보다 보안이 허술한 건물이다. 타깃이 있는 13층까지 계단으로 올라간다.

복도를 따라 끝없이 이어지는 문들을 지나치는 선호.
...21, 22... 마침내 1327호 앞에 도착한다.
여기엔 사람이 없다고 말하는 듯, 문 위로 수북이 붙은 광고 전단지들.
전단지를 몇 개 떼어 한쪽 손에 말아쥐는 선호. 주머니에서 일회용 라이터를 꺼내 불을 붙인 후, 천장의 화재 감지기 쪽으로 갖다댄다.

1327호 안.
현관에서 방 전체가 한눈에 보인다.
왼쪽으로 세탁기가 매립된 작은 싱크대가 있고, 오른쪽에는 반 투명 유리로 가려진 화장실. 정면에는 책상이, 그리고 튀어나온 침대가 그 책상을 3분의 1정도 가리고 있다.
밖에서 보이던 창문은 침대 옆에 난 창이다. 어두침침한 이 방에서 유일하게 밝은 곳. 창문을 빼면, 감옥의 독방을 연상시키는 분위기다.
책상 앞에 앉아 종이에 뭔가를 열심히 쓰고 있는 남자.
타깃, 박민구다.
외출복 그대로의 차림에, 신발도 벗지 않은 상태.
갑자기 문 밖에서 요란스러운 화재 경보음이 들리기 시작한다.
전혀 신경쓰이지 않는 것처럼, 하던 일을 계속하는 민구.
곧이어 쓰기를 마친듯, 종이를 잘 접어 안주머니에 찔러넣는다.

문을 열고 밖의 상황을 살피는 민구.
스프링클러 작동으로 물이 흥건한 복도. 인기척 없이 화재경보만 계속 울리고 있다.
비상구로 들어가는 민구. 계단을 올라가기 시작하는데, 문 뒤에 있던 선호가 나타난다.
선호를 눈치챈 민구. 뛰어 달아난다.

건물 옥상.
민구가 난간으로 뛰어올라 위태롭게 선다.
의도를 깨닫고 멈춰서는 선호. 잠시 서로를 바라본다.
선호에게 씩 웃음을 지어보이는 민구. 다음 순간. 망설임 없이 뛰어내린다.
민구가 있던 곳에 올라서서 아래쪽을 내려다보는 선호. 시체를 확인한다.
"타깃이 죽었어요. 건물 뒤쪽 화단에 떨어졌는데, 경찰 오기전에 소지품을 챙겨주세요."
 전화를 끊고 지켜보는 선호. 눈에 띄기엔 애매한 곳이라 알아챈 사람은 아직 없는 것 같다.
 곧이어 나타나는 링링. 주위를 살피는 척, 민구의 주머니들을 뒤진다.
 일이 귀찮게 됐다.

 1327호에 들어온 선호.
 전혀 느껴지지 않는 생활의 흔적.
 책상 밖으로 꺼내져 있는 의자만이 누군가 있었다는 걸 보이고 있다.
 민구가 이 방에 오늘 처음 왔을지도 모른다그 생각하는 선호. 용회장을 죽이기 전, 민구가 머물던 또다른 장소를 찾아야 한다.

5

 차창밖.
 모텔 간판들이 어지럽게 겹쳐진 거리 풍경이 보인다.
 민구의 예상 이동 경로를 하나씩 맞춰가며 츠적한 링링이 찾아낸 곳은, 종로의 한 모텔.
 밖에서 통화를 하던 링링이 차에 탄다.
 "회사에 가봐야 할 것 같습니다. 제가 필요한 상황이 생길 것 같으면, 그 상태로 기다려 주세요. 최대한 빨리 마치고 돌아오겠습니다."

용회장이 죽었다는 사실이 새어나간 거겠지.

지금의 용회장은, 처음 만났을 때의 용회장이 아니다. 비교할 수 없을 정도로 권력을 키웠다. 권력이 커진 만큼, 자리를 넘보는 세력 또한 늘었다. 이렇게 된 건 불과 몇 년 전 일이다.

선호의 여덟번째 의뢰는 어느 건설업체의 회장이었다.

경쟁 상대를 제거하기 위해 용회장 조직을 들였는데, 상황을 살피던 용회장이 선호를 써서 회장을 제거하고 건설업체를 통채로 차지한 것. 사냥개가 주인을 문 케이스였다.

하루아침에 빌딩을 가진 중견 건설업체로 탈바꿈한 용회장. 사업권만 따내면 콘크리트로 똑같은 걸 수십층을 부어 쌓아 수십배를 남기는 일이었다.

그 전까지의 사냥한 먹이 하나를 여럿이 뜯어먹던 일이, 한 방에 눈앞에 수십, 수백 개의 먹잇감이 쏟아지는 일로 바뀐 것.

용회장 조직은 닭장에 들어온 늑대처럼 움직였다.

그렇게 선호의 아홉번째 의뢰 또한 건설업체 경쟁자였다.

막대한 이권이 걸린 만큼 항상 격렬한 다툼이 끊이질 않았다. 같은 편인줄 알았던 내부자에 의해 등에 칼이 꽂히는 상황도 부지기수였다.

애초에 서로를 믿지 않는 늑대들의 집단이 훨씬 효과적인 곳이었다. 상대보다 센 공격으로 먹이를 차지한 승자에게, 다음번에 더 큰 먹이를 차지할 기회가 또 주어지는 세계.

물 만난 고기처럼 승승장구하던 용회장의 끝이 이렇게 허무한 건 예상 못했던 일이다.
 피맛을 본 늑대들이 가만히 있을리 만무하다.
 전부 다 용회장의 빈 자리에 눈에 불을 켜고 달려들 놈들이다. 용회장 역시 수많은 자리들을 뺏으며 지금의 자리에 왔으니까.
 후임자 승계가 완성될때까지 용회장은 살아있는 사람이어야 한다. 아니면 링링도 무사하지 못할거다.
 의뢰는 의뢰다. 의뢰인이 죽을 경우도 의뢰는 끝내야 하는 게 이 세계의 불문율이다.
 이 의뢰를 끝내는 일에만 집중하면 된다.
 문득 민구가 몸에 지니고 있었을지 모를 단서에 대해 떠오른다.
"타깃한테서 나온건 없었나요?"
"별거 없었습니다."
 용회장에게 치명적일 뭔가가 있었을 거라고 짐작하는 선호. 상관없다. 일에 필요한게 있었다면 말했을 것이다.
 고개를 끄덕여보이고 차에서 내리면, 차는 순식간에 어디론가로 사라진다.

〈모텔 판타지아〉

오늘 새벽, 민구가 나왔던 곳의 간판이 보인다.
네모난 상자곽같은 6층짜리 모텔.
주변 모텔들은 의도한 것처럼 약간씩 다 다르지만, 신기할 정도로 같은 느낌을 자아낸다.

모텔은 선호에게 아픈 장소다.
10년 전, 자신이 죽은 곳.
그때의 기억이 되살아나 얼굴을 찡그리는 선호. 지금 눈앞의 모텔도 기억 속의 것과 비슷하다.
민구가 여기서 나온 시간은 새벽 4시라고 했다.
지금은 오후 2시. 체크인은 3시 부터지만, 모텔은 잠깐 있다 가는 손님이 문제다. 민구가 있던 방이 비어있기를 바라며 프론트 쪽으로 향한다.

아무도 없는 프론트. 뒤쪽의 사무실로 들어가면, 책상에 직원인듯한 20대 남자가 엎드려 자고있다.
부르면, 부스스 고개를 드는 직원. 순간적으로 급소를 쳐서 기절시킨다. 이러면 대부분 자기가 당했다는 사실조차 모른다.
직원을 그대로 둔 상태로 CCTV 화면들이 떠있는 모니터를 살피는 선호. 연결된 컴퓨터의 녹화된 영상 파일을 뒤지기 시작한다.
민구가 나온, 새벽 4시경의 영상들을 하나씩 살피는 선호. 아무도 없는 문 밖으로 나오는 민구를 찾아낸다.
시간을 뒤로 따라가며 민구가 나온 방, 510호를 확인한 선호. 방금 전, 자신이 찍힌 영상을 지운 후, 관리 메뉴로 들어가 모든 CCTV의 녹화를 중지한다.
이제부터는 자유롭다.

프론트로 나온 선호. 숙박계의 510호는... 비어있다.
 모든 객실의 열쇠가 달린 듯한 열쇠 꾸러미를 찾아낸 후, 빈방없음 팻말을 데스크 위로 올려놓는다.

 510호 안.
 방은 이미 말끔하게 치워져있다. 일부러 TV를 켜보는 선호. 장지역에서 자살했다는 중년 남자에 관한 뉴스는... 당연히 어디에도 나오지 않는다.
 민구의 물건이 처음부터 없었을지도, 아니면 청소하면서 버려졌을 수도 있다.
 이를 알 만한 사람은, 이 모텔의 청소직원 뿐이다.

 2층 복도의 맨 끝.
 아무것도 쓰여있지 않은 방이 있다. 여기가 청소직원의 방일 것이다.
 선호가 일부러 방 문을 거칠게 두드린다.
 "경찰입니다. 510호에 있던 사람이 자살했어요. 혹시 510호가 버리고 간 물건 있나 해서 왔습니다."
 큰 소리로 말을 던지는 선호. 분명히 안에 사람이 있는 것 같은데, 아무 반응 없이 조용하다.
 가져온 열쇠 꾸러미에서 열쇠를 찾아보는 선호. 2층 열쇠 중에 방 번호가 쓰여있지 않은 열쇠는 없다.
 그렇다면... 문을 부수고 들어가는 수 밖에.
 선호가 자세를 가다듬고 준비를 하는데, 걸쇠 여는 소리가 들리더니 안쪽으로 살짝 열리는 문. 틈 사이로 명함을 든 손이 삐죽 나온다.
 얼굴을 안보이려는 의지가 느껴지는 손. 일회용 검정색 라텍스 장갑을 꼈다.
 "버리고 간 옷에서 나온 거에요. 이것 말고는 없어요."
 정체를 알 수 없는 갈라진 목소리. 소리는 작지만 뇌리에 또렷하게 파고든다.
 명함을 가져가자 닫히는 문.
 원래대로 걸쇠를 거는 소리가 들린다. 피차 서로를 알아서 좋을게 없다는 걸 이해하는 상대다.
 목적을 달성한 선호. 모텔 밖으로 나간다.

6

 종로 근처의 어느 사거리.
 선호가 길 건너의 상가건물을 바라본다.

> 심부름 / 증거 수집 / 특종 취재 / 탐정 전문
> ... 강산 타임즈

 5층 창문 전체에 커다랗게 붙어있는 난잡한 느낌의 글자들. 명함에 적혀있는 장소다.
 새해 첫날이라 주변의 모든 가게들이 문을 닫은 상황. 저곳도 전화를 받지 않았다.

 오래된 느낌의 반투명 유리창이 붙어있는 사무실 문. 흐릿한 창 너머, 사무실 안의 실루엣이 보인다. 가려진 저 너머의 진실을 추구하는 곳. 문 하나로 제법 그럴듯한 탐정 사무실의 분위기가 난다.

문을 열어보면, 그대로 열리는 문. 안에선 세월의 풍파에 찌든 느낌의 중년 남자가 사무실 물건들을 한창 정신없이 박스에 담고 있다.

"동 탐정님. 어디 가시나봐요?"

'동 탐정'이 명함에 적힌 이름이다.

갑작스러운 선호의 목소리에 화들짝 놀라는 탐정. 품에서 가스총을 꺼내 선호를 겨눈다. 제법 많이 해본 듯 유려한 동작. 그 상태에서 책상 뒤쪽을 향해 필사적으로 이동한다.

아무렇지도 않다는 듯, 사무실 가운데의 소파에 앉는 선호.

"누가 보냈는지 몰라도 경고하는데, 내가 버튼을 누르면, 10분 내로 경찰이 출동합니다."

책상 어딘가에 은행처럼 경찰서 신고 버튼을 해놨나보다. 그렇다 하더라도 10분은 너무나 긴 시간이다.

"당신 의뢰인, 박민구가 내 의뢰인을 죽였어요. 그래서 당신을 찾아 왔습니다. 당신도 책임이 있으니까."

"그 사람은 내 의뢰인이 아닙니다."

선호의 말에 쓴웃음을 지으며 대답하는 탐정. 경계를 풀며 가스총을 내린다.

"상관없어요. 당신이 박민구를 도왔다는 사실은 변하지 않으니까."

"네. 도왔죠. 당신이 알고싶은건 누가 어떻게 민구씨를 도와 줬냐는 거고."

 말하며 원래 있던 자리로 돌아가는 탐정. 하던 일을 계속하기 시작한다.

 "아저씨랑 놀려고 온거 아니야. 박민구가 죽었다고. 내 의뢰인도 죽고."

 자리에서 일어난 선호. 탐정을 노려보며 말한다.

 "그러니까, 알고싶으면 짐 싸는거나 좀 도와줘요. 빨리 여기를 떠야 해서."

 말하는 순간, 벌컥 문이 열리며 몰려들어오는 대여섯 명의 양복차림 남자들. 맨 앞 쪽, 턱시도를 입은 남자가 몹시 열받은 표정을 하고있다.

 "상견례를 그따위로 망쳐놔? 일로 와. 일단 좀 맞고 시작하자."

 턱시도 남자가 탐정에게 까딱까딱 손짓을 한다.

 슬그머니 선호의 뒤쪽으로 숨는 탐정. 기가차서 잠시 탐정을 보면, 양손을 모아 싹싹 비는 동작을 취한다.

 "알았어. 덤벼."

 남자들을 향해 격투 자세를 잡는 선호.

 "아가씬 꺼져, 다치기 전에."

 턱시도의 말이 끝나자마자 눈 깜짝할 사이에 급소를 쳐 기절시키는 선호. 나머지 남자들이 동시에 덤벼들며 싸움이 시작된다.

 춤추듯 사이사이를 돌며 한 명씩 쓰러트리는 선호. 빠르고 부드러운 움직임. 중국 유슈를 바탕으로 만들어낸 기술이다.

몇 번 움직이지도 않은것 같은데, 전부 다 바닥에 쓰러져 있는 남자들. 탐정은 바로 앞에서 모든걸 보고도 어리둥절한 채 눈만 껌뻑인다.

7

동부간선도로에 접어드는 소형차.
결국엔 탐정의 짐을 싣는것까지 도와준 선호. 함께 도봉산으로 가는 길이다. 박민구에게 소개시켜줬다는 인물이 있다는 곳이다.
김빠진 한숨을 쉬는 탐정. 마치 출근길 지옥철에서 벗어난 사람같다.
"상견례에 대리 부모를 구해달라고 해서 구해줬더니, 나때매 상견례 망쳤다고 저러네요~ 자기 못난건 아예 생각을 안해."
활기를 되찾은 탐정. 혼자서 맹렬히 떠들기 시작한다. 좀 전에 벌어졌던 일이 나름대로 위기였었나보다.
"저런것들이야말로 처 맞아야 하는데, 봤죠? 지네가 때릴려고 한다니까? 어우 속 시원해~ 이 탐정짓이라는게 진짜 못해먹을때가 많아요. 그런데 이 짓을 관 둘 수가 없단 말이지. 뭔 팔자가 이따윈지 원. 어찌됐건 고마워요. 그래서 나도 지금 그쪽을 돕는거고."
선호에게 박민구를 만났던 이야기를 시작하는 탐정.
갑자기 불쑥 나타나 용회장을 죽여달라고 하는 박민구를 처음엔 돌려보냈다고 했다. 탐정사무소에는 이런 사람들이

의외로 많다고, 노골적으로 불법적인 일을 들이미는 갈때까지 간 막장인생들이.

대부분 경찰을 들먹이면서 딱 잘라 거절하면 떨어지는데, 박민구는 그렇지 않았다.

끈질기게 주변을 맴돌며 일을 방해했고, 집까지 찾아와서 기다리는 통에 떨궈내기 위해 뭔가를 쥐어줘야 했다.

고심 끝에 범죄의 경계에 있는 사람을 소개시켜줬다. 그는 정체불명의 노인으로, 자살하려는 인간들이 모여드는 비공개 온라인 클럽과 연관된 사람이라고 한다.

탐정일을 하다가 우연히 알게된 어둠 세계의 인간.

그런 곳에서라면, 박민구가 원하는 종류의 인간을 만날 수 있을거라고 생각했다고 한다.

한차례의 말을 다 쏟아낸 후, 잠시 뜸을 들이는 탐정.

마침내 처음부터 박민구를 외면할수가 없었다고 선호에게 고백하듯 털어놓는다.

그의 사정에 대해 들으면 들을수록 점점 더 끌려들었다고. 자기 새끼가 억울하게 죽은 아비의 원한. 목숨을 걸고 싸워도 힘센 상대에게 아무것도 할 수 없다는 그 절망감에.

탐정의 진짜 이유는, 답답하고 절망적인 그의 일상이 쌓인 결과일거라고 생각한 선호. 좀전 사무실에서의 상황을 보면 알 수 있다. 탐욕스런 인간들이 기피하는 일을 대신 하며 온갖 수모를 당할테니까.

진심으로 복수를 생각해본 사람은 복수를 행하려는 사람을 알아본달까?

어제까지 선호의 삶은 모든 것이 명확했었다.

죽일 상대가 정해지면 철저하게 준비한다.
 불필요한 모든 것을 최소화 하고, 타깃을 한 방에 처리한 후 사라지면 끝.
 오늘은 모든 게 불확실하다. 용회장의 이상한 죽음부터, 타깃이 자살하고, 뭐가 될지 모를 배후를 찾아다녀야 하는 이 상황... 마음에 들지 않는다.

8

 도봉산 근처. 서울의 북쪽 끝 동네다.
 오래된 상가건물을 바라보는 선호.
 깨진 유리창, 군데군데 금간 채 방치된 외벽... 사람의 손을 떠난지 꽤 시간이 흐른 듯한, 무덤같은 분위기다.
 근처의 아파트 단지가 곧 재개발될 예정인듯, 자리를 비우고 다른 곳으로 떠난 것 같다.
 탐정이 박민구에게 소개시켜준 노인은, 이 건물 지하의 PC방 주인이라고 했다.
 무슨 일이 생기면 연락하라면서 연락처까지 남기고 떠난 탐정. 선호를 부자가 고용한 사설 경호원 쯤으로 알았나 보다. 박민구가 용회장이 건설사 회장인줄로만 알았던 것처럼. 선호는 탐정을 살려두기로 했다. 필요없이 사람을 죽이진 않는다. 탐정이 죄가 있다면, 민구를 불쌍히 여긴 것 뿐이니까. 엄밀히 따지면, 선호에겐 결과보다 과정이 중요하다. 타깃과 관련된 인물들을 처리할 경우, 직접 보며 행위의 무게를 가늠한다. 대부분이 결국 다 죽지단, 이렇게 살 사람은 산다.

 계단을 내려가면, 먼지가 뿌옇게 쌓인 텅 빈 가게들의 모습. 복도 끝의 불빛을 향해 가다보면, 유일하게 실내에 조명이 켜진 가게가 나타난다. 두 눈으로 보면서도 실제하는지 의심스러운 존재감.
 불빛이 비치는 유리문에 '파라다이스 PC방' 이라고 붙어있다.
 문을 열면, 온풍기 바람에 확 풍겨오는 라면냄새.
 갑자기 딴 세상에 온 듯한, 50석 규모의 아늑한 PC방이다.
 사람이 없는 카운터. 노인을 찾아 주위를 둘러본다.
 한쪽 끝에서 떠들며 게임을 하고있는 학생 무리와, 그 반대쪽 구석에서 화면을 쳐다보며 뭔가 먹고있는 손님 몇 명. 카운터 근처에 게임 화면이 떠 있는 빈 자리가 하나 보인다. 잠깐 자리를 비운 것 같다.
 화장실을 찾아보는 선호, 이 안엔 없다. 다시 PC방 밖으로 나간다.
 반대편 복도 끝에 있는 화장실. 불이 켜져있는 게 신기할 정도로 버려진 느낌이다. 오래전에 치운 듯, 소변기 자리가 텅 비어있는 모습. 화장실의 맨 첫 칸 문 만 닫혀있다.
 곧이어 물내리는 소리가 들리고, 문 밖으로 나오는 머리가 허옇게 센 노인. 이 사람이다.
 탐정에 의하면, 웬만해선 건물 밖으로 나가지 않는다고 했다. 색다른 형태의 은둔형 외톨이라기 보다, 상가 안에서만 살아가는 일족의 족장 같은 느낌이다.

"박민구씨 알죠? 3일 전에 동 탐정 소개로 여기 찾아왔던 남자요."

손을 씻는 노인의 뒤에서 선호가 말을 건다.

엉거주춤 돌아서는 노인. 돋보기 안경을 고쳐쓰고 선호를 보는 모습. 어디를 봐도 절대로 범죄와는 연관을 지을 수 없는 푸근한 인상의 동네 할아버지다.

"댁은 뉘시오?"

"박민구씨가 죽인 사람 친구요."

갑자기 화장실로 들어오는 한무리의 학생들. 마주선 선호와 노인을 곁눈질하며 화장실 칸으로 들어간다. 키득대는 소리가 들리기 시작하고...

"식사는 하셨는가?"

무심결에 고개를 젓는 선호.

"가지. 먹으면서 얘기하자고."

선호의 어깨를 툭치는 노인. PC방을 향해 절뚝절뚝 걸어가기 시작한다.

선호와 함께 카운터안에 들어온 노인.

한쪽에서 컵라면을 챙긴 노인이 절뚝거리며 다시 밖으로 나간다.

주변을 둘러보는 선호.

좌석 현황이 떠있는 모니터가 놓인 자리를 중심으로, 판매용 간편식을 가판대에 늘어놨다. 각종 컴퓨터 집기들이 보이고, 다른 쪽에는 길게 소파를 들여놓아 잠도 잘수 있도록 해놨다.

소파 옆, 탁상 위에 놓인 구형 컴퓨터의 모습. 가까이 가보면, 90년대 초반에 나왔을법한 옛날 컴퓨터다.
 "자살클럽에 대해 들어 봤는가?"
 돌아보면, 어느새 노인이 컵라면을 들고 서 있다.
 "자살 사이트는 들어 봤어요."
 "비슷한 거지. 난 게임 안에서 자살하고 싶어하는 사람을 찾아 자살클럽에 데려다 주는 역할을 하네. 그 컴퓨터에서 들어 갈 수 있지. 자살을 결심한 자들이 선택할 수 있는 천국이네."
 말하며 간이 테이블을 펼치는 노인. 선호의 식사 자리를 준비한다.
 "...자살 하려는 사람 중엔 원한을 갚고 죽으려는 사람이 항상 있어. 박민구도 죽일 사람이 있다고 했네. 그리고 자네도 봐서 알겠지만, 여기서는 한 번 찍으면 누가 됐던 끝이네."
 노인이 선호에게 젓가락을 건네며 권한다.
 "자살클럽은 누가 운영하나요?"
 노인을 빤히 보던 선호가 묻는다.
 "나도 모르네. 저 컴퓨터를 통해서 가본 사람만 알 수 있네."
 선량하게 생긴 노인이라서, 말한대로 믿겨진다는게 아니다. 뭔가가 있다. 사실이거나 거짓을 사실처럼 말하는 재주가 있는 싸이코거나, 둘 중 하나다.
 "저도 해 볼 수 있을까요?"
 "자네, 죽을 생각인건가?"

"아니요. 자살하려는 사람만 할 수 있나봐요?"
다시 고개를 끄덕이는 노인. 그재야 선호가 노인이 권하는 젓가락을 받아든다.
"클럽에 가려면 관리자의 인터뷰를 통과해야만 하네."
"통과하면, 그 다음은 뭔가요?"
선호가 라면을 먹기 시작한다.
"그건 당사자만 안다네."
"박민구가 그 인터뷰를 했다는거죠? 여기서 "
"그렇네. 자살을 할 상태인지 아닌지를 인터뷰로 가려낸다네. 꽤 정확해서 자살 결심이 확실한 사람만 통과한다네."
"그렇지 않은 사람이 하면 어떤데요?"
"결심이 굳지 못한 사람들이 간혹 있지. 얼마 후에 실종 되네. 그런 일이 생기면 여기로 자네같은 사람들이 찾아오고. 동 탐정도 그렇게 봤지. 분명한건, 저기 한번 발을 들여놓으면, 절대 살아서 돌아갈 수 없다네."
컴퓨터를 가리키며 하는 노인의 경고. 선호가 빙글 웃자, 노인이 그런 선호를 빤히 쳐다본다.
"잘 먹었습니다."
자리에서 일어서는 선호. 노인의 시선을 뒤로한 채, 그대로 밖으로 나온다.

어느덧 저물어 어둑해진 주변.
아무 불빛도 없는 상가의 모습이 한층 더 괴기스럽다.
이 자살클럽에는 도사린 배후가 있다. 그 배후에 접근하려면 저 노인 뿐이다. 어쩐지 섬찟하지만 선택의 여지가 없는 외길. 언제나 그렇듯 이 외길의 건너편에 답이 기다리고 있다.

전화를 꺼내 링링에게 연락하는 선호.

"여기 도봉산인데, 강남 가는 셔틀좀 보내줘요."

일이 생겼을 때 조직원들의 빠른 이동을 돕는, 콜택시같은 거다. 말하는 사이 문자로 현재 위치를 보낸다. 늦어도 10분 내로 차량이 나타난다.

"그러죠. 그런데, 문제가 좀 생겼습니다. 회장님 주변이 전부 승냥이 같은 놈들이라 벌써 냄새를 맡았습니다. 당분간 연락이 어려울 것 같아요. 그래서 말인데..."

잠시 위태롭게 지직대는 연결상태. 링링도 어딘가 이동중인 모양이다.

"듣고있어요."

"지금부터 하던 일은 단독으로 진행하세요. 은퇴자금은 상하이 은신처에 보내놓겠습니다."

두 번째 의뢰때 사용했던, 상하이 외곽에 있는 안전가옥 얘기다. 이 일을 끝으로 선호의 계약이 종료된다는 말. 어쩌면 이 통화가 링링과의 마지막 일지도 모른다는 예감이 든다.

"알겠습니다."

전화를 마친 후 잠시 하늘을 바라보는 선호. 시선의 끝에서 남아있던 마지막 빛이 빠르게 저물어간다.

9

7년 전, 강남. 클럽 콜로세움.

쿵쿵거리는 디스코 리듬 사이, 눈부시게 반짝거리는 조명이 펼쳐진다. 무대에서 춤추는 사람들과 테이블에 떠들썩한 사람들의 모습.

선호의 세 번째 의뢰는, 팽성대 회장. 일명 강남 클럽가의 황제. 당시 용회장이 세력을 키우기 위해 반드시 제거해야 할 인물이다.

무대와 가장 가까운 테이블에서 생일파티가 벌어지고 있다. 수많은 부하들에 둘러싸여 좋은 시간을 보내고있는, 생일자인 듯한 중년 남자의 모습. 옆에 붙어있는 여자아이가 홍일점처럼 눈에 띈다.

타깃, 팽회장과 그의 딸이다.

한층 위, 난간에 선 그림자가 그 광경을 지켜보고있다. 문득 시선을 느낀 듯 돌아보는 팽회장. 그자리엔 아무도 없다.

선호다. 모든 준비를 마치고, 생일을 맞이한 팽회장을 따라붙고있다.

양 옆으로 높은 담장이 이어지는 골목길.

한쪽 담장의 차고 문이 스르륵 들리면, 팽회장 부녀가 탄 SUV가 그 안으로 사라진다.

갑부들만 산다는 논현동 고급 주택가의 저택. 이 거대한 집에 팽회장은 딸과 둘이 살고 있다.

국가 기밀시설 수준의 각종 보안시설에, 특수부대 출신의 경호원들이 24시간 물샐틈 없이 지키는 곳. 집 밖에서 일을 벌이면 흔적이 남을 위험이 있다는 이유로, 그는 이 철

옹성같은 그의 집 안에서 죽어야 한다고 했다. 외부인이 침입 할 수 없는 공간에서 스스로 죽은 것처럼.

약간의 시간을 둔 후, 팽회장의 집 앞을 지나가는 승합차 한대. 다음 골목에서 꺽어 들어가 멈춰선다.

차에서 내리는 작업복 차림의 링링과 선호. 차 주변에 하수도 공사 표지를 설치한 후, 장비를 꺼내 맨홀 뚜껑을 벗겨낸다.

링링과 선호가 빠져나온 곳은, 깜깜한 지하실. 팬라이트로 주변을 비추면, 와인 창고다.

"30분이 지나도 돌아오지 않으면 먼저 출발해요."

고개를 끄덕이고 다시 바닥 아래로 사라지는 링링.

사전에 이 집의 설계도를 암기한 선호. 와인 선반 사이에 있는 화물용 엘리베이터를 찾아 안으로 들어간다.

2층 자기방에 있던 팽회장은 완전한 무방비 상태.

순식간에 처리하고 자살로 위장해 놓았다.

문제는 그의 딸이었다.

문 틈으로 확인한 아이의 모습에서 왠지 어릴적 자신이 겹친다.

끔찍한 학대를 받던 어린 선호.

하지만 살고싶었고, 결국엔 살았다.

도저히 아이는 죽일 수 없다고 생각하는 선호. 원래 계획은 동반자살로 꾸미는 것이었지만, 아이를 살려둔 채 물러난다. 이로서 팽회장의 조직은 와해되겠지만, 팽회장의 재산을 물려받을 딸이라는 후환을 남긴 것.

그날 새벽. 용회장의 집.

링링과 선호가 마당에 무릎을 꿇고 앉아있다.

고요함 속, 달빛 아래 모든게 시퍼렇게 보이는 정경. 그들 앞, 달을 바라보며 용회장이 서 있다.

"...나도 사람이니까 틀릴 수 있어."

한참 만에 꺼낸 말. 목소리에 어딘지 슬픔이 배어있다.

"잘 생각해 보니까, 딸이 살아있는 쪽이 나을 수도 있겠네..."

용회장은 선호에게 딸을 지켜보다가 위험해지면 처리하라는 말로 이 일을 넘어갔다.

그날 이후. 매년 팽회장이 죽은 날, 선호는 딸을 찾아가서 어떻게 지내는지를 살펴야 했다.

그 아이의 이름은 리안이라고 했다.

현재의 강남. 클럽 콜로세움.

실내를 가득 채운 사람들. 쿵쿵거리는 음악에 맞춰 몸을 흔들고있다. 7년 전과는 완전히 다른 모습. 무대 위 DJ 박스를 중심으로 테이블을 없애고 댄스 플로어로 만들었다.

한층 위 난간에 서서 누군가를 찾는 선호. 춤 추는 사람들 사이, 흰색 드레스에서 시선이 멈춘다.

리안이다.

아래층으로 내려와 사람들 사이를 헤치며 리안을 찾는 선호. 선호의 시선에 어떤 남자와 함께 막 밖으로 나가는 흰 드레스의 끝자락이 보인다.

실외 주차장.

어둠 속, 가득 찬 차량들 사이 어디선가 여자 비명소리가 들린다. 다가가 보면, 차 뒤쪽에서 리안이 남자에게 붙잡혀 옷이 찢겨지기 직전의 상황이다.

"동작 그만."

갑자기 들리는 소리에 화들짝 놀라는 남자. 온통 새까만 차림의 선호를 어정쩡한 자세로 돌아본다.

"꺼져."

선호의 말에 기겁해서 도망치는 남자. 얼마 못가 옷에 발에 걸려 한바탕 자빠진다.

급하게 바지를 벗어 손에 쥔 남자. 맨발로 뛰쳐가며 곧 시야에서 사라진다.

"불쌍한 수컷들 좀 그만 괴롭혀~ 쟤 아무것도 모르지?"

엉망된 상태로 남겨진 리안에게 한마디 하는 선호. 리안이 웃음을 터트린다.

"왜 껴들고 지랄이야~ 한참 좋았는데."

옷을 추스르며 근처의 스포츠카에 올라타는 리안.

차도 클럽도 다 리안의 소유다.

그동안 강남에서 예전 팽회장의 자리를 되찾을 정도의 능력자로 큰 리안. 하지만 동시에 이상한 행동이 늘기도 했다.

시동을 걸고 엔진을 부릉거린다.

"안타요? 만났으니까 해야지?"

창문을 내리고 선호를 부르는 리안. 둘 사이에 이런 상황이 처음이 아닌 듯 익숙한 분위기다. 선호가 타자 거칠게 차를 몰아 나간다.

 조명 스위치를 켜는 리안.
 사방이 충격흡수 매트로 둘러진 공간이 나타난다. 한가운데 격투용 케이지까지 갖춘 모습.
 이곳은 리안의 집 지하실. 와인창고를 없애고 만든 리안의 개인 훈련장이다. 용회장 집 지하실에 있는 것과 비슷한 이유는, 선호가 만들었기 때문이다.
 용회장 것보다 훨씬 좋다.

 리안을 감시하라고 했지만, 선호는 그럴 수 없었다.
 오히려 그 반대로 행동했다.
 이유는 모르겠다. 그냥 뭔가에 씌인 듯 마음이 시키는 대로 따를 수 밖에 없었다. 자신 속, 어린 선호가 시키는 대로.
 리안이 중학생이 되던 해. 리안을 찾아가 모든 사실을 털어놓은 선호. 이야기를 듣던 리안은 자신도 선호같은 킬러가 되게 해달라고 했다. 실력을 키워 자기 손으로 용회장에게 복수하겠다고... 그날 이후. 말도 안되지만, 선호는 아무도 모르게 리안을 제자로 삼고 가르쳐왔다.
 1년에 한 번 리안을 찾아가 감시하는 날은, 리안과 선호가 무술 대련하는 날이 되었다. 집 앞마당이 훈련장이었다.

리안은 17세 때, 학교 대신 홈스쿨링을 하며 클럽을 운영하기 시작했다. 일찌감치 자립을 시작한거다.

그해, 선호도 이 훈련장을 리안에게 선물했다.

그때부터 본격적으로 격투기 선수 수준의 훈련을 해온 리안. 선호는 틈날때 마다 자신이 배운 모든 것을 리안에게 가르쳤다. 물론 사전 녹화된 동영상으로.

피는 못 속인다는 말이 맞다. 클럽 경영도, 격투기에도 소질을 보였다. 숨만 쉬는데도 실력이 붙고 사람이 저절로 따랐다. 어찌보면 자신들만의 환경과 법칙을 만들어 살아가는 암흑가의 후계자여서 가능했던 결과일지도 모르겠다.

클럽가를 무림으로 여기니, 실전 경험을 키워줄 상대는 차고 넘쳤다. 자신이 고용한 경호원들 대신 직접 위험한 일에 나서서 실전을 익혔고, 싸움 실력은 날개를 단 듯 늘었다.

작년에는 리안이 처음으로 선호에게 데미지를 줬다.

물론 그 직후의 공격으로 리안은 기절했지만, 실전이였다면 선호는 죽었을 수도 있었다. 한순간의 실수가 생사를 결정하니까.

케이지 안에 도복을 입고 마주 선 리안과 선호.

싸울 자세를 잡은 채 천천히 원을 그리며 돌기 시작한다.

지금 선호 앞에있는 리안은 올해 19세다.

더욱 위험해졌다. 실제보다 몸이 크게 보일 정도로 움직임이 좋아졌다. 실력이 늘수록 공격범위는 넓어지고, 상대의 영향은 위축된다. 그래서 더 크게 보이는 것이다.

순간적으로 간격을 좁혀들어오는 리안. 선호가 발을 내지르면, 타격을 그대로 받으며 온 몸을 던져 밀고 들어온다. 잡기 싸움을 하려고한다.

 피하지 못한 선호. 중심을 잃고 쓰러지면, 곧바로 리안이 몸을 덮쳐 누르기를 시작한다.

 체격으로나 힘으로나 선호가 우위에 있지만, 균형을 못잡게 하는 절묘한 위치에서 정확히 온 몸을 써서 누르는 리안. 선호가 버둥거리는 사이 흐르듯 움직여 길로틴 쵸크를 시도한다.

 길로틴 쵸크.

 단두대에 목이 걸린 상황을 의미하는 죽음의 조르기 기술. 이름 처럼 기술이 성공하면 상대를 죽일 수도 있다.

 순간적으로 몸을 180도 비틀며 튕겨오르는 선호. 그 충격에 리안의 중심이 흔들리자 순식간에 빠져나와 리안의 목을 휘감는다.

 사력을 다해 양 손으로 목 졸림을 풀려하는 리안.

 이미 늦었다. 확실한 힘점을 잡은 선호. 양 발로 리안의 몸에 똬리를 틀고 전체적인 조이기 강도를 서서히 높이기 시작한다.

 맘바 트위스터.

 이 상태에서 20초 면 리안은 기절할 것이고, 기절 하는 순간 끝이다. 선호가 브라질에 있을 때 배워둔 필살의 기술이다.

선호의 여섯 번째 의뢰는 브라질에서였다.

브라질에는 브라질 사람만 있는게 아니다. 어떤 이유에서 인지 절대로 못 찾을 곳으로 도망쳐간 한국인이 있는 곳이기도 하다. 타깃은 브라질에 숨어있는 조직원 M씨. 악랄하기로 소문난 어느 조직의 2인자였던 그는, 용회장에게 쫓기게되자 거금을 챙겨 브라질로 숨어들었다.

유도선수 출신의 무술 실력자인 M씨를 제압하기 위해 브라질에서 이 살인 기술을 배웠었다...

기절 직전 상태에 다다른 리안. 선호의 시선에 리안의 손목에 그어진 무수한 흉터들이 들어온다. 최근에 생긴 듯한 끔찍한 흉터를 보는 선호.

조르기를 멈추고 리안을 풀어준다.

털썩 자리에 쓰러져 서서히 회복하는 리안. 정신이 돌아온 상태에서도 그대로 누워있다.

"어떻게, 또 살았네?"

"친구가 구급차랑 같이왔어요. 아직 죽을 때가 아닌가봐요."

킬러들의 살인기술을 마스터한 리안이지만, 자살시도를 할 정도로 우울증이 심하다. 정신과 상담도 받고, 약도 먹는데... 때때로 견딜 수 없는 순간이 찾아온다고 한다.

리안에게 진실을 말하지 않았으면 하는 후회를 하는 선호. 아빠의 억울한 죽음을 알려, 어린 나이에 감당하기 어려운 짐을 준것이다. 킬러 수준으로 힘을 기르고, 아빠가 가졌던 권력을 되찾는 것 까지도 해냈지만, 악의에 의해 생겨난 상처의 골이 점점 깊어지는 것이다.
 악과의 싸움은 바다 같다. 한 치 앞을 알 수 없는 깊은 바다. 리안은 과연 악의 파도에 휩쓸리지 않을 수 있을까?

"용회장이 죽었어."
 갑자기 숨을 멈추는 리안. 순간, 완전한 정적이다.
"오늘 아침에 살해당했어. 죽일 놈들을 좀 찾아야 되는데... 나 좀 도와줄래?"
 조용하던 리안이 흐느끼기 시작한다. 점점 소리내어 엉엉 우는 리안.
 선호가 잠자코 그런 리안의 어깨를 다독인다.

10

 자정을 넘긴 시간. 도봉산 근처.
 스포츠카 한 대가 텅 빈 상가 주차장에 들어선다.
 차에서 내리는 리안과 선호. 어둠 속에 잠긴 상가는, 악령이 씌인 장소를 연상시킨다.
"여기 지하에 있는 PC방이 자살클럽에 접근할 수 있는 장소야."
 건물을 바라보는 리안에게 말한다.
"...이렇게 막 들이대도 되요?"
"우리가 준비하면 상대도 준비하니까. 그냥 부딪히는 게 더 나을 때가 있어. 인터뷰가 있다는데, 그냥 너 하던대로만 해. 민영미를 죽이고 싶다고 하고."

"함정이면 어쩌려고요?"
"빠져주는 수밖에..."
 한숨을 쉬는 리안. 자살클럽이라더만, 자살하자는 거야? 라는 눈빛으로 선호를 본다. 무시하고 앞장서서 계단을 내려가는 선호. 리안이 내키지 않은 듯이 그 뒤를 따른다.

 PC방 안에 들어서면, 손님은 구석 쪽 한 두명이 전부다. 그나마 졸고 있거나, 게임에 완전히 빠져있다.
 카운터 앞 자리에서 게임 중인 노인. 둘이 가까이 다가가도 게임에 빠진듯, 화면에서 눈을 떼지 못한다.
"사장님~"
 부르는 소리에 돌아보는 노인. 선호를 보고 멈칫한다.
"또 왔구만. 기어이 해보겠다는 거야?"
"제가 아니고요, 이 친구가요."
 리안을 보는 노인. 의미심장한 표정으로 고개를 끄덕인다.
"자네만. 내일 저녁 7시에 여기로 다시오게."
 리안을 향해 말을 던지고 다시 게임으로 돌아가버린다.
 황당한 듯 선호를 보는 리안. 노인은 둘 따윈 안중에도 없는 듯, 열심히 키보드를 두드린다.
 당황함을 숨기는 건지, 진짜 아무 관심이 없는건지를 알 수 없는 무심한 반응.
 어떤 의미에서 선호가 옳았다. 상대가 반응을 했으니까. 찰나의 순간, 노인이 내비친 약간의 흔들림을 선호는 놓치지 않았다.

거대한 담장 앞.
 천천히 위로 올라가고 있는 주차장 문을 바라보는 선호. 다시 리안의 집으로 돌아왔다.
 호텔로 가자고 했는데, 리안이 차를 몰아 온 곳은 자기 집이다.

"여기서 자요."
 리안이 선 곳은, 팽회장의 방 앞이다.
 리안을 노려보는 선호. 리안이 못 본척, 딴청을 부린다.
"왜요, 제일 좋은방인데~ 못자겠어?"
 대답 대신 쓴 웃음을 짓는 선호. 돌아선 리안이 복도 끝 방으로 들어간다. 그때의 방 그대로다.
 이 집에 드나들며 리안의 스승 노릇을 해온 지난 몇 년간, 단 한 번도 2층에 올라왔던 적은 없었다. 곧장 훈련장으로 들어 왔다가, 다시 곧장 밖으로 나왔었다.

방 안.
 7년 전 그날의 모습 그대로다.
 방 한가운데 놓인 킹사이즈 침대. 어쩐지 진짜인 것 같은 대형 풍경화가 걸린 벽. 그리고 문 쪽에 놓인 조각상과 테이블, 의자들... 전부 다 고상한 유럽풍이다.
 쾌적한 상태인 걸로 봐서 누군가 주기적으로 청소를 하는 것 같다.
 침대에 드러눕는 선호. 천장에 그려진 그림이 보인다.
 장엄함이 느껴지는 그리스 신화의 한 장면. 그날의 팽회장이 마지막으로 본 게 이 그림일거라고 생각하는 선호.
살아있는 듯, 생생한 그림이다.
그 속으로 빨려들어갈 것 같은 기분을 느끼며 잠으로 빠져든다.

꿈은... 그날 밤이다.
팽회장의 방에 들어서는 선호. 화장실 쪽 빛이 침실을 어스름히 밝히고있다.
들릴듯 말듯한 클래식 음악의 선율. 불을 끄고 화장실에서 나오는 팽회장. 창가에 서서 한동안 밤 하늘을 바라본다.
훤하게 밝은 달. 모든 소망이 이뤄진것 같은 달콤한 밤이다.
침대에 누운 팽회장의 시선. 천장의 그림을 본다.
살아 움직이기 시작하는 그림 속 인물들. 웃음소리와 비명소리가 환청처럼 섞여들린다.
침대 위로 둥실 떠오르는 몸. 그대로 그림을 향해 날아오르는데...
눈앞에 갑자기 나타난 리안. 손에 칼을 들고 있다.
무슨 말을 하려해도 목소리가 나오지 않는다.
똑바로 노려보며 점점 다가오는 리안. 머리맡까지 와서는 찌를곳을 가늠하듯 천천히 칼날을 움직인다. 그대로 꼼짝없이 죽임을 당하는 순간!
잠에서 깨는 선호.
창문에 비치는 빛의 느낌이 정오를 가리키고 있다.
10년 만에 처음으로 늦잠을 잤다.

몸을 일으키면, 문 쪽 의자에 잠들어있는 리안이 보인다.
선호가 잠든사이 방에 들어온 것. 어쩌면 꿈이 아니라 진짜를 본 것일지도...
리안을 깨우려다 관두는 선호. 조심스럽게 방 문을 열고 밖으로 나온다.
문 옆, 배달 온 택배처럼 놓여있는 웬 상자의 모습. 쪽지가 붙어있다. 떼어 내 살펴보면, 뒷면에 적힌 메모.

'회장님은 신경독으로 죽었어요. 그 해독제를 드립니다. 30분 이내로 사용하세요. R.'

처음 보는 손 글씨. 동글동글하다.
링링일거라 생각하는 선호. 예지력이 있는 것처럼 언제나 한 발 앞서 필요한 것을 해낸다.
상자를 열어보면, 실험실에서 바로 담아온 걸로 보이는 빨간색 앰플 두 개와 또 다른 쪽지가 들어있다.

이태원 역, #008, 1000

뭔가가 이태원 역에 있다. 쪽지의 내용을 암기한다.
재킷 안주머니를 열어보는 선호. 파란색과 흰색 알약이 든 약통 두개가 있다.
타깃을 처리할때 마지막으로 사용하는 독약이 파란색, 그 해독제가 흰색이다. 이 약들도 링링에게 받았다. 신경독 성분의 파란색 약은, 오 분 내 심장을 멈추게 한다.

의뢰에 독약을 쓰기 시작한 것은, 링링의 아이디어였다.
 신경독으로 하는 암살은 중국에서는 꽤 역사와 전통을 가진 방법이다.
 독.
 상하이에선 일반인 조차 각종 식물, 곤충, 파충류의 독 성분에 대해 잘 알고 있고, 재래시장의 한약재 파는 곳에서 쉽게 구할 수 있을 정도로 독 사용이 흔했다.
 이들은 주로 약에 쓰이는 독이다.
 독살에는 독사의 독이나, 독충을 잡아먹으며 독 성분을 응축시킨다는 두꺼비 종류의 독 성분이 주로 쓰인다.
 신경독이다. 신경을 마비시켜 호흡곤란 또는 심장마비로 사망하게 되는 특징이 있다.
 이 성분을, 독의 흔적을 지우는 다른 성분과 혼합시키는 게 독살에 쓰이는 독약의 핵심이다.
 새로 받은 해독제가 파란색 약에 들지도 모른다는 생각이 스친다. 그걸 알려면 목숨을 걸어야겠지...
 해독제 앰플을 재킷 안주머니에 챙긴다.
 독약을 사용하는 상대를 만난 건 이번이 처음이지만, 이미 사용해 오던 터라 놀랍지는 않다. 상대는 사람을 많이 죽여본 쪽임이 분명하다. 긴장하지 않으면 골로 갈 확률이 어느 때보다 높다.

 의뢰용 폰을 꺼내다가 관두는 선호. 전화해도 링링은 받지 않을거란 직감이 든다.

평소에 안하던 방식을 쓰는 걸로 봐서, 상황이 좋지 않은 게 분명하다. 지금까지 봐 온 범죄 조직은, 누군가를 죽이기로 결정하면, 한쪽이 꺽일때 까지 낮밤이 없는 투쟁을 지속했다. 결국 한 쪽의 수장과, 그 수족이 전부 제거되야지 멈춘다.

 1층 부엌에 온 선호. 육중한 12인용 원목 식탁이 들어선, 상당히 넓은 부엌이다.
 대형 오븐기며, 각종 요리도구들이 잘 갖춰진 모습. 냉장고를 열어보면, 종류별 식재료들이 깔끔하게 들어있다. 우유나 두부같은 신선식품의 유통기한도 넉넉하다. 분명 가사일 하는 사람이 매일 관리하는 듯한 상태다. 아마 리안이 미리 연락해서 오늘은 쉬라고 했을 거다.
 간단한 식사거리를 준비하기 시작하는 선호. 재료를 다듬고, 이리저리 움직이고 있으면, 어느새 리안이 나타난다.
 "조금만 기다려, 금방 만들어 줄게."
 대꾸없이 잠이 덜 깬 모습으로 알아서 움직이는 리안.
 익숙한 동작으로 찬장에서 프레첼 봉지를 꺼내고, 냉장고의 아이스크림을 꺼내 식탁 위에 올라 앉는다.
 가부좌를 튼 채 아이스크림에 프레첼을 찍어먹기 시작하는 리안.
 선호도 완성한 볶음밥을 접시에 덜어 자리에 앉는다.
 그 상태로 서로를 향한 채 묵묵히 각자의 식사를 하는 둘.
 "넌 아침을 아이스크림에 과자로 먹니?"
 무술을 가르치긴 했어도, 밥 먹는걸 본 적은 이번이 처음이다.

"그때마다 달라요. 그리고 지금은 점심인데?"

"여태 그런걸 먹으면서 그 운동을 했던거야?"

대꾸없이 씩 웃어보이는 리안. 처음으로 이빨에 동여맨 치아교정기가 확연히 보인다. 기분탓인가? 밤 사이 리안의 뭔가가 변한 것 같다. 뭔가 더 선명해졌다.

좋은 쪽이 아니다... 어쩐지 불길하다.

식사를 마친 후, 약속이라도 한 듯 리안의 핸드폰이 울리기 시작한다.

일어났을때, 이때 쯤에 하라고 얘기를 해뒀을 것이다.

스파이들처럼, 말을 하는데도 소리가 거의 들리지 않는다. 대화 내용을 전혀 알 수 없다. 언제 저런걸 다 배웠는지 신기하다. 할 일이 많은 듯, 끊임없이 계속되는 전화. 리안이 전화기를 붙잡고 쉴새없는 업무 지시를 해댄다.

문득 리안과 헤어질 순간이 가까이 왔음을 느끼는 선호. 조금 후에 벌어질 일이 둘의 운명에 어떤 영향을 줄지...

점점 더 알 수 없어지는 기분이 된다.

3장. 죽음 (Death)

1

 어둠 속. 리안은 혼자다.

 눈앞에 '파라다이스 PC방'이라고 적힌 문이 희미하게 빛나고 있다.

 여기 오기 전,

 선호에게 상대가 위치추적을 할거라고 알려준 리안. 정확히 말하자면 선호의 위장 신분인 민영미겠지만, 아무튼 영미의 핸드폰으로 연락이 가거나 집으로 찾아갈거라고 했다.

 그래서 선호와 작전을 세운 후, 따로 움직였다.

 문을 열고 들어서는 리안.

 무리지은 학생 손님들로 떠들석한 분위기.

 여전히 카운터 앞 자리에서 게임 삼매경에 빠져있는 노인의 뒷모습이 보인다.

 혹시나 저런식으로 위험을 감추려는지 모른다는 생각에 주위를 찬찬히 살피는 리안. 아무리 봐도 그냥 보통의 PC방일 뿐이다.

 "사장님."

 "카운터에서 카드 가져다가 원하는 자리에서 하세요~ 라면이랑 과자는 자리에서 주문넣고 드시고요~"

 뒤도 돌아보지 않고 말하는 노인. 하던걸 계속한다.

 "7시에 다시 오라고 했잖아요."

 차갑게 찌르듯 말하는 리안. 그제야 돌아본다.

 "댁은 뉘시오? 7시에 다시오라니?"

영문을 모르는 표정으로 리안을 물끄러미 쳐다보는 노인. 리안이 멍한 표정으로 마주보는데...

"하하하! 속네, 속아~ 내가 인터뷰 잘 잡아 놨으니까, 걱정 말게."

낄낄대며 일어서는 노인. 따라오라는 손짓을 하며 카운터 안으로 들어간다.

"잠깐만 기다리게."

구형 컴퓨터를 켜고, 준비하는 노인. 잠시 뒤, 리안을 부른다.

"이리와 앉게. 인사부터 하고. 자네의 이야기를 하면 되네."

그것 뿐이다. 리안을 남겨두고 카운터 밖으로 나가는 노인.

텅 빈 컴퓨터 화면에 커서가 깜빡이고 있다.

인사말을 입력하면, 기다렸다는 듯 시작되는 인터뷰.

예상했던 것처럼 상대는 핸드폰에서 탈취한 개인정보를 인질로 삼는다.

작전을 짠 대로, 다른 사람의 핸드폰과 신분으로 위장한 리안. 상대에게 장단을 맞춰 인터뷰를 빠르게 끝낸다.

약속 장소는 두 시간 후, 동대문 D쇼핑몰이다.

카운터 밖으로 나온 리안.

아무렇지 않은 리안의 모습이 놀랍다는 듯 쳐다보는 노인. 리안이 교정기를 드러내며 활짝 웃는다.

선호가 봤던, 불길한 웃음이다.

선호는 이태원의 한 카페에 들어왔다.
민영미 이름으로 선호가 방을 얻은 동네. 리안의 예상이 맞다면, 놈들은 영미의 폰으로 연락을 시도할 것이다. 상대가 선호인 건 꿈에도 모른 채...
영미의 핸드폰과 함께 연락을 기다리는 선호.
8시가 가까워 올 쯤, 협박 전화가 온다.
리안의 예상이 맞았다.
영미의 모든 사생활을 다 털었을거라고 생각되는 말을 해대는 상대방. 이태원 집과 현재 위치도 알고있다. 오랜만에 형사시절의 감정을 느끼는 선호. 정의감 같은 거다.

D쇼핑몰에 도착한 리안.
약속시간이 되자, 난데없는 옷 쇼핑 미션이 주어졌다.
쇼핑몰을 돌아다니며 여름 옷을 사는 리안. 지켜보는 것 같은 시선을 느끼며, 산 옷으로 갈아입기까지의 주어진 미션을 마친다.
그리고... 그들은 만났다.

동대문 플라자 앞 벤치.
멈춰 선 채 서로를 바라보는 리안과 선호. 한 겨울의 여름 차림. 주변을 지나는 행인들의 시선이 따갑도록 느껴진다.
"생각했던거 보다 더 미친놈들이에요. 이러다 진짜 죽으면 어떡해요?"
벤치에 앉아 대화하는 척 리안이 말한다. 놈들은 분명 어디선가 지켜보고 있다.

"칼 쥔사람은 손을 베지 않아. 제풀에 당황하지만 않으면."
선호가 태연히 맞장구를 친다.
"차는 쇼핑몰 옆 골목에 있어요. 키는 바퀴 위에 놨고."
"솔직히 말해봐, 너 지금 즐기고 있지?"
"준비하세요. 쏩니다."
 즐기고 있는게 틀림없다. 민영미 핸드폰의 전원을 끄는 선호. 이 다음은 타깃을 쫓아갈 일만 남는다.
"너 역할에만 충실해. 놈들을 잡는건 나니까."
 대답 대신 선호의 얼굴에 독약을 칙 뿌리는 리안. 곧바로 자리를 뜬다.
 퍼지기 시작하는 독기운을 느끼는 선호. 주춤 일어 설 새도 없는, 엄청난 기세다. 그대로 벤치에 앉아 조여드는 심장에 손을 얹는다.
'영락없이 심장마비처럼 보이겠지...'
 이곳에 오기 정확히 15분 전, 링링이 준 앰플형 해독제를 미리 먹어둔 선호. 지금쯤이면 온 몸에 해독제가 퍼진 상태일텐데... 의지와는 상관없이 정신이 점점 멀어진다. 끝까지 놓지 않으려 애쓰는 선호. 선호의 시선이 어떤 여자의 날카로운 눈빛과 잠깐 마주친다. 소장이다.
 소장의 얼굴을 기억하는 선호. 다음 순간, 모든 게 사라진다.

 서서히 깨어나는 선호.
 몸위로 처음보는 패딩 코트가 덮여있다. 걱정스러운 표정으로 쳐다보고있는 낯선 얼굴들.

"괜찮으세요?..."
 행인 하나가 조심스레 묻는다.
 몸을 일으키려하면, 마비가 덜 풀린 팔다리의 뻣뻣한 느낌이 기묘하다.
 좀비같은 동작으로 일어서는 선호.
 좀 떨어진 길가에 막 멈춰서고있는 구급차가 보인다.
 패딩을 벗어던지고 그 자리를 벗어나는 선호.
 뼛속까지 시리다.
 몸을 절뚝이며, 리안의 차가 세워져있다는 쪽을 향해 뛰어간다.

 차에 탄 선호. 조수석에 놓인 핸드폰을 켜면, 리안의 현재 위치가 표시된 지도가 화면에 떠있다.
 부탁한 대로 잘 준비했다.
 강남쪽 방향으로 다리를 건너는 중인 표식의 모습. 7~8분 정도 거리가 벌어졌지만, 이 차면 충분 할 것이다.
 키를 돌려 시동을 걸면, 그르렁 대는 엔진소리가 시작된다. 멋진 복수가 떠오르는, 시원하고 날카로운 톤.
 차를 출발시키는 선호. 미끄러지듯 골목길을 벗어나, 리안이 있는 곳을 향해 질주한다.

 어둑한 거리. 사방이 녹슨 판넬의 벽으로 둘러져있다.
 그 벽 너머, 네모난 뭉텅이로 쌓여있는 각종 재활용 쓰레기들의 모습.

강남 끝자락에 위치한, 쓰레기 하치장이 모여있는 곳이다.
핸드폰 화면의 표식을 거의 다 따라잡은 모습.
선호의 시야에 자동차 두 대와 오토바이의 후미등이 보인다. 거리상 저들 중 하나에 리안이 있다.

어느 처리장 안.
다 부서진 간판에 '새길 종합 처리장'이라고 적혀있다.
처리장의 공터에 멈춰선 차량들.
그 중 한 대에 타고있던 사람 하나를 세 명의 일당이 밖으로 끄집어 내는 중이다. 정신을 잃은 리안이다.
갑자기 눈부신 전조등을 쏘며 나타나는 스도츠카 한 대.
일당이 당황한 듯 서로를 바라본다. 남자 둘, 여자 하나다.
차에서 내리는 선호. 그들을 향해 우뚝 선다.
여자 쪽을 보면, 정신을 잃기 전 봤던 얼굴, 소장이다.
미리 약속이라도 한 듯, 동시에 리안을 버리고 도망치는 일당들. 가장 먼저 은색 차를 탄 남자가 빠져나가고, 그 다음 남자가 보라색 스포츠카를, 마지막으로 끝까지 선호를 주시하던 소장이 오토바이에 올라타 자리를 뜬다.
처리장 입구에서 시작되는 세 갈래 길에서 각자 다른 방향으로 뿔뿔이 흩어지는 일당들의 모습. 잘 훈련된 사냥개들처럼 일사분란하다.
바닥에 쓰러진 리안을 일으켜 안는 선호. 한쪽 손으로 리안의 입을 벌려놓고 앰플을 꺼내 해독제를 독구멍 안쪽에 흘려 넣는다. 됐다!
다음 동작으로 리안을 둘러업어 조수석에 앉힌 선호. 곧바로 차를 출발시킨다.
 입구 밖에서 오토바이가 간 왼쪽으로 방향을 꺾는 선호.
멀리 오토바이의 후미등이 보인다.

 화양동 사거리.
 공사장 판넬 벽이 둘러쳐진 거리 위로 신호등이 황색등을 점멸하고 있다.
 인적없는 주변. 막다른 도로 끝에 오토바이가 기다리듯 서 있는 모습. 소장이다.
 따라오는 걸 눈치 챈 듯, 어느 순간부터 속도를 줄이며 안내 하듯 선호를 끌고왔다.
 선호를 향해 손짓하며, 도로 끝에서 이어지는 샛길로 들어가는 오토바이.
 근처 표지판에 '중랑천 유원지' 라고 적혀있다.

 하천변 공터로 이어지는 샛길.
 버려진 듯, 바닥 곳곳이 패인 모습.
 오토바이가 어둑한 다리 밑으로 들어가서 멈춰선다.
 여기서 결판을 내겠다는 의지가 느껴지는 장소다.
 오토바이 쪽을 전조등으로 비춘 채 차를 세우는 선호. 옆자리의 리안을 보면, 처음 상태와 별로 달라진 게 없는 모습이다.
 '설마, 30분을 넘겨서 해독제가...'
 잠시 굳어진 채 리안의 얼굴을 바라보는 선호. 순간, 누가 부른 것처럼 리안이 게슴츠레 눈을 뜬다.

살아있다!
안심하는 선호. 차 밖으로 나선다.

 눈앞에 선 소장은 한쪽 손으로 윙윙 소리를 내며 쇠사슬을 돌리고 있다. 자세히 보면, 오토바이 체인이다.
 쇠로 된 채찍같기도, 카우보이가 사용하는 올가미 줄 같아 보이기도 하는 모습. 상당히 능숙하다.
 공격 거리를 가늠하며 소장에게 다가서기 시작하는 선호.
 그러자 기다렸다는 듯, 소장의 뒤 쪽으로 남자 두 명이 더 나타난다.
 껄렁껄렁, 선호의 앞에 나와 서는 남자들.
 온통 문신으로 뒤덮인 몸. 말단 조직원 특유의 분위기를 발산하고 있다. 선호를 잡으려 작정하고 불러낸, 소장의 친구들인 것 같다.
 "뭐야, 좀만이잖아? 와... 우리 화양리 독거미 힘빠졌네~"
 안타깝다는 듯 혀를 차는 한 쪽 남자. 그러자 다른 한 명이 이빨을 드러내며 웃는다. 순간적인 발차기로 웃는 남자의 목을 꺾는 선호. 다음 동작으로 공격을 피하며 다른 쪽의 뒤통수를 박살낸다.
 아무렇지 않게 벽돌도 부수는 살인 기술. 공수도에 태권도를 버무려 완성한 퓨전 무술이다.
 소장의 위치를 확인하러 고개를 돌리는 순간, 선호의 목에 휘감겨드는 체인. 한쪽 손을 찔러 넣어 방어해 보지만, 한 발 늦었다. 완전히 자세를 잡은 소장이 양 손을 사용해 있는 힘껏 조이기를 시작한다.

버티기를 포기한 채, 목졸린 상태 그대로 달려들며 온몸으로 박치기를 하는 선호.
성공이다!
손에 잡은 체인을 놓친 채 끙끙대는 소장. 선호가 풀린 체인을 소장의 목에 휘감아 조르기 시작한다.
"민영미... 가족... 살리면... 풀어..."
소장이 마지막 숨을 쏟아붓는다.
"난 민영미가 아닌데?"
"니가... 이러... 너..."
말을 못마치고 멈추는 소장. 숨이 끊어졌다.
자리를 털고 일어서는 선호. 잠시 서서 소장과 쓰러진 두 놈의 시체를 바라본다. 날이 밝으면, 이들 셋이 싸우다 한 자리에서 죽은 걸로 보일 것이다.
소장의 주머니를 뒤지는 선호. 지갑과 핸드폰이 나온다.
때마침 진동하는 핸드폰. 화면에 '새 메시지 알림'이라고 떠 있다. 누르면 비밀번호 입력으로 넘어가는 화면. 선호가 짧은 탄식을 내뱉는다.
"언니도 한숨 셔요?"
언제 왔는지 리안이 옆에 와 서 있다. 거의 원 상태를 회복한 모습.
"이거 풀 수 있니?"
혹시나 리안에게 핸드폰을 보이는 선호. 리안이 쓴웃음을 지으며 핸드폰을 받는다. 주머니에서 작은 장치를 꺼내 핸드폰에 연결하더니, 뭔가 이것저것 누른다.

잠시 후, 다시 핸드폰을 돌려주는 리안. 보던, 잠금이 풀어져 있다.
"요즘 이런 기술 없으면 힘들거든요."
별일 아니라는 듯한 표정의 리안. 하긴, 이제 진짜 치명적일 싸움의 무대는 이런 기계 안에서 벌어지는지도 모르겠다.
메시지 알림을 누르자 채팅창이 떠오른다. 기록이 남지않는 걸로 유명한 메신저다.

   taker : 별일 없죠?

테이커. 아까 도망쳤던 두 놈 중 한 명일 것이다. 상대에 맞춰 춤추듯, 짧게 답하는게 상책이다.

   소장 : 당연하죠.
   taker : 파리가 끼기 시작하니까 못해먹겠네.
   소장 : 어디에요, 볼래요?
   taker : ...
   taker : 방화대교 사거리로 와요.

'taker님이 나가셨습니다.' 의 메시지와 함께 사라지는 채팅창. 일이 알아서 풀렸다.
소장의 핸드폰을 챙기는 선호.
잠시 오토바이 쪽을 바라본다. 거미 문장이 그려진, 날렵해 보이는 탈것. 왠만한 사람은 엄두도 못낼 것 같은 과격

한 속도감이 전해져온다.
 리안의 도움을 받아 소장을 오토바이 뒷자리에 올린다.
 근처에 떨어져있는 체인을 집어들고 오토바이에 올라타는 선호. 체인으로 소장과 자신의 몸을 함께 동여맨다.
 오토바이에 시동을 걸면, 귀를 찢는 듯 터지는 엔진소리.
 준비를 마친 선호가 리안쪽을 바라본다.
 "사양할게요. 다른 할 일도 있고~"
 리안이 그대로 돌아서서 자기 차에 올라탄다.
 선호를 향해 손을 흔들어 보이는 리안.
 선호도 손을 들어 답한다.
 이게 아마도 둘 사이의 끝. 더는 서로 볼 일이 없을 것이다...
 오토바이를 출발시키는 선호. 기관포를 갈기는 것 같은 굉음과 함께, 방화대교를 향해 밤거리를 질주한다.

2

방화대교 사거리.
 각기 다른 색상의 스포츠카 일곱 대가 길가에 늘어서 있다. 전조등을 최대치로 밝혀 빛줄기를 뿜고있는 듯한 모습. 그 중 끝자리에 선 보라색 차 옆에 멈춰서는 선호. 길 한쪽에서 무리와 떠들던 테이커가 오토바이를 알아보고 다가온다.
 선호의 몸에 묶여있는 소장을 알아보고 그자리에 멈춰서는 테이커. 그재야 선호의 얼굴을 알아본듯, 잠시 주춤거린다.

 테이커가 돌아가서 뭔가 말하면, 각자의 차를 타기 시작하는 무리들. 곧이어 6대의 차량이 길 한복판을 향해 일제히 움직이기 시작한다. 한차례 휘몰아 친 후, 2열 종대로 늘어선 차들의 모습. 미친듯이 엔진을 그르렁대고...

 차들의 맨 앞으로 걸어와 서는 테이커. 차 쪽을 향해 양 팔을 번쩍 들어올리면, 모든 차들이 일제히 방화대교를 향해 출발한다!

 길 한가운데 서서 멀어지는 차들을 바라보는 테이커. 어딘지 모르게 감상에 젖은 모습이다.

 "아까 본 다른 한 놈, 지금 어딨어?"

 선호가 테이커를 향해 소리친다. 작별인사를 나눌 시간은 이제 끝났다.

 대답대신 순간적으로 달아나는 테이커. 재빨리 남아있는 보라색 차에 올라타 차를 출발시킨다.

 선호가 탄 오토바이 주변을 원을 그리며 차를 빙글빙글 돌리는 테이커. 어느 순간, 방화대교의 반대 방향을 향해 튀어나간다.

 곧바로 그의 뒤를 쫓는 선호. 앞선 보라색 스포츠카의 후미등이 멀어지다 가까워 지기를 반복한다.

 오토바이의 계기반 속도가 올라갈수록, 정지상태로 빠져드는 감각.

 죽음의 경계선을 달리는 것처럼, 모든게 고요하다.

 광명시 근처, 지하철 차량기지에 맡댄 곳.

고철 더미들의 행렬이 사방으로 끝도없이 쌓여있다. 죽음의 골짜기라 불리울 만한 광경의... 폐차장이다.
테이커의 보라색 차는 이곳 입구에서 사라졌다.
고철의 산 사이로 난 골목들을 살피며 오토바이를 몰아가는 선호. 어느 순간, 고철 더미 너머 반짝거리는 불빛이 보이기 시작한다.
오토바이를 세우고 소장과 묶인 체인을 풀어내는 선호. 주위를 경계하며, 불빛 쪽을 향해 다가가기 시작한다.
고철 더미가 끝나면 나타나는 공터의 모습.
한쪽에 거대한 구조물이 입을 벌리듯이 서 있다.
열차 선로처럼 이어지며 구조물의 입을 통과하는 컨베이어 벨트. 벨트의 한쪽편에는 폐차들이, 다른 쪽에는 네모난 쇳덩어리들이 놓여있다.
폐차장의 심장, 압착기다.
대형 마트의 카트처럼, 압착기 한쪽편으로 줄지어 주차된 지게차들의 모습. 여기서 모든 일이 일어난다고 말하는 듯한 풍경이다.
좀 떨어진 곳에 비상등을 켠 채로 서있는 테이커의 차가 보인다. 사람이 타고 있지는 않은데...
갑자기 선호의 옆으로 지게차 한 대가 돌진한다.
테이커다.
포크처럼 튀어나온 두 개의 쇳날을 앞세운 벽.
피할 곳이 없다!
순간. 쇳날을 향해 정면으로 내닫는 선호. 쇳날 위로 뛰어오르면, 그대로 지지대에 부딪힌다.
 그러나... 성공적으로 지지대를 붙잡았다!
 당황한 테이커. 선호를 떨구려 지게차의 방향을 틀기 시작하면, 재빨리 옆으로 뛰어내리는 선호.
 순식간에 지게차가 중심을 잃고 전복된다.

 지독한 지린내.
 정신을 차린 테이커가 얼굴을 찡그린다. 어느 다 부서진 자동차 안이다.
 극심한 통증에 다리쪽을 보면, 부자연스럽게 꺾여진 발목이 보인다. 몸을 움직이려 해보면, 좌석에 쳐인으로 묶여있는 상태. 체인에 연결된 옆 자리에는... 고개를 푹 숙인 누군가 앉아있다. 죽은 소장이다.
 여기가 어딘지를 깨닫는 테이커.
 그 순간, 앉아있던 곳이 사방에서 좁아져 들기 시작한다.
 미친것처럼 웃기 시작하는 테이커. 웃음은 곧 비명소리로 바뀌고... 쇠가 우그러드는 소리와 함께 완전히 멎는다.
 또 다른 차량을 향해 입을 벌리기 시작하는 압착기.
 계기판의 가장 큰 빨간색 버튼을 눌러보는 선호.
 한숨 쉬는 듯한 소리를 내며 기계가 멈춘다
 방금전 만들어진 고철덩어리를 잠시 바라보는 선호. 표면 한 쪽에 섞여있는 오토바이의 거미 문장.
 두 살인마를 알아볼 흔적은 어디에도 없다.

 "강선호."

돌아보면 리안이다.
여기까지 따라왔던 걸까? 한쪽 손에 들고있는 기다란 뭔가가 달빛을 받아 반짝인다.
칼집이다. 마침내... 때가 왔다.
주변의 고철더미를 곁눈질로 살피는 선호. 손 내밀듯 튀어나온 테두리 조각이 보인다.
붙잡아 뜯어내보면, 적당한 무게감으로 한 손에 잡히는 쇠막대가 된다.
경찰대 시절 검도를 마스터한 선호. 13년 전 일이다.

"어떤 것이라도 혼을 실을 수 있다면, 그렇지 않은 것을 이길 수 있습니다."
경찰대학 정심 수련장. 승단심사에 앞서 특별 초빙된 연사가 말했다.
60대는 되보이는 주름진 얼굴. 도인같이 하얗게 샌 머리는 쪽을 져 틀어 올렸다. 홍콩 무협영화에 나올법한 모습이다.
심사위원 중에 한 명을 손짓으로 불러내는 연사.
몇마디 주고 받더니 곧이어 누군가 연사에게 신문을 건넨다. 신문을 기다랗게 돌돌 말아 손에 쥐는 연사.
준비 됐다는 듯 고개를 끄덕이면,
불러낸 심사위원이 진검을 들고 연사의 앞에 선다.
신문지와 진검의 대결.
서로 한참 신경전을 벌이는 둘.
어느 순간. 상대를 향해 치고나간다.
연사와 엇갈려 지나가는 심사위원. 어떻게 된 일인지 심사위원이 팔을 잡고 쓰러져 고통을 호소한다.
 진검은 두동강이 났고, 연사의 신문지는 멀쩡했다.
 그날 이후. 선호는 혼을 싣는 방법에 대해 몰두했다.
 그리고 어느 여름 날. 캠퍼스의 잔디밭에서 깨달음이 찾아왔다.

 선호가 다가서자, 리안이 칼집에서 칼을 빼 든다.
 날까지 새까만 검. 본적이 있다. 이 검은... 용회장 집무실에 있는, 용회장의 보물이다.
 '어떻게 이걸...?'
 생각은 나중에. 지금은 눈앞의 적에 집중한다.
 거리를 조금씩 좁히며 서로에게 다가서는 리안과 선호. 얼어붙는 겨울 밤의 추위로, 모든 것이 칼날처럼 또렷하다.

 진정하고 완전한 믿음.
 그것이 혼을 싣는 비결이었다.
 여름날의 캠퍼스 잔디밭에서, 자신의 손에 내려앉은 이름 모를 새를 보며 깨달았다.
 '믿음이 있고, 행위는 믿음을 따라 일어날 뿐이다.'
 다음 날. 수련장에서의 자율 대련에서 선호는 모든 이에게 승리했다.
 리안에게 검도를 가르친 것도 선호다. 전부 다 알려줬다. 과연 그사이 리안은 얼마나 성장했을까? 이제 곧 알게되겠지...
 갑자기 어디선가 들리는 까마귀 울음소리.

순간, 리안과 선호가 동시에 서로를 향해 치닫는다!
'탱!~'
멀리 날아가 고철더미 위로 나동그라지는 칼 조각.
리안이 든 칼이 반쪽 났다.
나머지도 마저 던지고 그 자리에 무릎 꿇는 리안.
선호도 자신이 든 쇳조각을 버린다.
리안에게 다가가 어깨를 다독이는 선호.
말이 없는 리안을 뒤로한 채, 먼저 자리를 뜬다.

비상등을 깜빡이며 서 있는 테이커의 차.
문을 열면, 열린다. 시동이 걸려있다.
운전석에 탄 선호. 차 안을 뒤지기 시작하는데...
뭔가 뜨거운 것이 볼을 건드리는 느낌에 멈칫한다. 룸미러로 얼굴을 보면, 이마의 베인 상처에서 피가 흐르고 있다.
쳐 내지 않았다면 죽었겠지... 그랬다면, 지금쯤 압착기에 눌려 고철 덩어리와 하나가 됐을것이다.
잠시 고민하던 선호. 입은 셔츠를 벗어 상처 위를 동여맨다.
차를 아끼는 듯, 은은한 라일락 향기가 풍기는 차 안.
자동차등록증 하나 없이 말끔하다.
죽이기 전에 그 놈 주머니를 뒤졌어야 했는데... 이럴 때면 링링의 존재가 크게 느껴진다.
소장의 핸드폰을 살펴보는 선호. 테이커와의 메시지는 사라져 버렸고, 자살클럽과 연관된 기록이 뭔지 전혀 알 수 없다.

문득 시선에 보이는 차량 내비게이션 화면. 목적지 기록을 보면... 수많은 장소가 찍혀있다.
'여기 오기 전 들른 장소가 그 곳 일지도 모른다.'
시간을 계산해보는 선호. 경로 목록을 뒤지기 시작한다.
오늘 이전에도 반복적으로 들렀던 장소여야 한다.
찾아낸 곳은, 마포 북카페.
경로를 눌러 내비게이션을 설정하는 선호. 마포를 향해 출발한다.

3

핸드폰 화면이 한 시간 전부터 그대로다.
집 근처 24시간 햄버거가게에 온 준수. 소장과 테이커의 확인 연락을 기다리는 중이다.
먼저 연락하기엔 자존심이 상한다. 아까 처리장에서 분명히 들어가면 연락하라고 했는데... 일부러 안하는건가? 업무시간 외라고?
충분히 그러고도 남을 인간들이다. 각자 실력은 뛰어나지만, 개인주의가 심하다. 준수도 같은 유형이라, 이렇게 나서서 챙겨야 할 때가 되면 짜증이 밀려든다.
그나저나 좀전에 벌어진 상황 자체가 말이 안 된다.
죽었어야 할 상대가 살아나서, 처리장까지 쫓아왔다.
뭔가 심각하게 잘못됐다.
두 번을 연이어 일을 망친 것도 그렇고...
분명 박민구라는 놈과 연관된 일들이 계속 갈래를

치며 들러붙는 상황 인 것 같다. 자살클럽이 표적이 된 것이다. 도대체 어디서 부터 이 일을 바로잡아야 할까?...
모든 것이 엉망이다.
자정을 넘어가면서 손님이 늘기 시작하는 가게 안 풍경. 근처에 클럽이 있었는지, 흥분상태의 젊은 남녀들이 아까부터 계속 들어오고 있다.
열 두시 전에는 자야 내일 출근을 하는데...

'밤늦게 미안한데요, 내일부터 출근하지 않으셔도 돼요.'

마침내 핸드폰에 메시지를 찍어넣는 준수. 북카페 알바생에게 보내는 문자다. 아무래도 장소를 옮기고 당분간 활동을 중단해야되겠다.
굳어진 감자튀김이 담긴 트레이를 통채로 쓰레기통에 밀어넣는 준수. 햄버거 가게를 나온다.

401호 앞.
복도 끝의 어둠을 위태롭게 밝히던 조명이 하필이면 지금 꺼진다.
몇 번의 시도 끝, 열쇠를 구멍에 꽂아넣고 찰각 돌리는 준수. 문을 향해 손을 뻗치다 멈칫한다.
뭔가가 다르다. 안에 누가 있다.
한 손을 전기 충격기가 있는 뒤쪽으로 준비한 채 천천히 문을 당긴다.
암막을 친듯, 완전히 어두운 방.

조명 스위치 쪽으로 손을 가져가는데...
갑자기 앞쪽에서 플래시가 터진다!
스위치를 켜면, 카메라를 든 410호의 모습.
"안녕하세요."
벙 찐 준수에게, 410호가 꾸벅 인사를 한다.

테이블 위로 차려진 롤 케이크와 음료수 캔.
"저 구해주신거, 감사표시는 해야 할 것 같아서. 드세요~"
자기 집에 온 듯, 태평한 410호. 남의 집에 막 들어온 것도
그렇지만, 또 사진을 찍을 줄은 정말 꿈에도 몰랐다.
미안하지만, 이제 죽어줘야겠다.
"어떻게 들어왔어요?"
한 손을 전기 충격기에 댄 채로 묻는다. 궁금하니까 이유
나 들어보자.
"사실 저, 파파라치에요."
파파라치라고? 그건 할리우드에나 있는건데...
어쩌면 상태가 좋지 않은 걸지도 모르겠다. 흥미가 생기기
시작한다.
"초짜 시절에 어떤 미친개한테 잘못 걸려서 유치장엘 갔는
데, 거기서 문 따는걸 배웠어요. 유명인 근처에서 동선을
파악하고 있다가 결정적인 순간을 잡죠. 돈 벌려고 시작한
일인데, 재밌더라고요. 스릴 넘치고."
흥신소 직원이란 말인가? 사진으로 협박하는건 범죄인
데... 그럼 혹시, 나를?...
생각을 굴리는 게 보인다는 듯, 410호의 얼굴에 문득 웃음

기가 스쳐간다.

"여기까지. 이제 자기 차례."

"뭐가요?"

"내 얘길 했으니까, 그쪽 얘기 하라고."

갑자기 반말을 한다. 아무래도 싸이코 맞는 것 같다. 자기 앞의 놀잇감을 괴롭히며 즐기는 타입. 맘에 든다. 좀더 살려둬볼까? 일단 적당히 돌려보내야겠다.

"영화사 다녀요."

"영화사? 영화 만드는 데?"

"네."

당혹스러운 표정을 짓는 410호. 그런 반응에 익숙하다는 듯 준수가 어깨를 으쓱 해 보인다.

생각할 수 있는 가장 그럴듯한 거짓말로 떠오른 것.

그 실체를 알 수 없으면서도 410호와 충분한 거리감이 있는 것이다.

보물 탐사선 선장이라든지, 국가 비밀 요원같은 직업.

따지고보면 거짓말도 아니다. 거대 플랫폼 기업이라 같은 건물 안에 영화부서도 있다.

"하루 종일 책만 읽어요. 그러다 괜찮은걸 발견하면 프로젝트가 시작되죠. 감독을 만나고, 해보자고 하면 작가에게 연락해서 허락 받고. 시나리오 작가를 섭외해서 각본을 만들고. 그렇게 쭉 진행되죠. 가끔 제가 이야기를 만들 때도 있어요. 일을 하다보면 아이디어들이 저절로 떠오를때가 생기거든요."

거짓말이 더 진짜같은 법, 어느새 410호가 집중하고 있다.

"그래서 집에 아무것도 없는 거예요. 더 이상 아무것도 보고싶지 않아서. 텅 비어있는게 스트레스 감소에 좋거든요."
 말을 마친 준수. 번아웃 느낌에 어울리는 멍한 표정을 지어보이며, 케이크를 한 조각 뜯어 씹어준다.
"배우 한번 해보시는거, 어때요?"
 준수를 쳐다보며 감탄하는 410호.
"이렇게 내추럴하게 평범하기가 쉽지 않거든요. 근데 뭔가 알수없는 긴장감이 있단말이지, 연쇄살인마처럼... 난 이 방에 오면 뭔가 끔찍한게 나올 줄 알았어, 근데 이렇게 아무것도 없어서야 뭘 알 수가 있어야지~"
 역시 정확하다. 싸이코는 싸이코를 알아본다. 묶여있는 상태였다면 머리를 쓰다듬어줬을텐데. 410호가 일어서서 문 쪽을향해 간다.
"사실, 당신을 자극하면 어떻게 반응할지 궁금해서 왔어요. 솔직히 말해요. 정체가 뭐에요?"
 문을 나서다 말고 돌아서서 묻는다.
"결벽증 환자요. 내일 출근도 해야하는데, 오늘 자긴 글렀네요~ 바닥청소부터 다시 다 해야하니까... 어쩌면 이 집을 버리는 편이 나을지도. 일단 나가 주세요."
 신경질적으로 쏘아 붙이는 준수.
 마침내 410호를 밖으로 밀어내고, 문을 쾅 닫는다.
 그 상태로 문에 기댄 채 410호의 기척을 살피는 준수.
 마치 아무도 없는 것처럼, 아무 소리도 나지 않는다. 이 여자도 지금 똑같은 자세로 서 있는 거다. 역시 싸이코가 맞다.

4

 아침 7시.
 운전석을 제끼고 반쯤 잠든 상태로 지켜보는 선호.
 창밖으론 걸음을 재촉하는 직장인들의 모습. 전부 똑같은, 한쪽 방향을 향하고 있다. 전철역이 있는 방향이다.
 지옥철이 되기 전에 타려고 서두르는 것이다.
 북카페로 들어서는 자전거 한대가 보인다.
 어젯밤, 처리장에서 본 두 명중 나머지 하나다.
 저 놈이 자살클럽 운영자다. 예상했던 것 보다 빨리 나타났다.
 팔과 다리를 쭉 뻗는 동작으로 몸을 깨운다. 이런식으로 단 한순간도 놓치지 않고 3일을 잠복할 수 있다.
 한쪽에 자전거를 세워놓고 카페 안으로 들어가는 운영자. 곧 다시 밖으로 나와 카페 문 위로 쪽지를 붙인다.
 보나마나 여기를 정리하고 튀려는 거겠지.
 운영자는 다시 카페로 들어가고, 유리문 너머 지하실로 내려가는 뒷모습이 어렴풋이 보인다.
 보라색 스포츠카는 눈에 띈다. 놈이 이 차를 봤을 가능성이 높다. 그렇다면 이제, 지하실에서 완전히 준비된 상태로 기다리고 있을 지 모른다. 죽일 준비.
 최대한 빨리 가는것도 방법이다. 어차피 결투는 상대의 총구를 향해 달리는 거니까.

재킷의 안주머니를 여는 선호. 해독제가 든 약통을 꺼낸다. 신경독을 썼던 놈들이라 대비를 해야 한다.

약 몇 개를 입에 털어넣고 씹어 삼킨다. 확률낮은 러시안 룰렛에 뛰어든 기분. 좋든싫든 이 해독제가 다른 신경독에도 효과가 있을 지 직접 알아볼 기회가 와버렸다.

어쩌면 어젯밤의 중독과 해독을 경험하며 얼마간의 내성이 생겼을 지도 모를 일이다. 미어캣 처럼 몸이 독을 버텨주길 바랄 뿐이다. 사실 그것 말고는 다른 방법이 없다.

이마에 두른 셔츠를 풀어 원래대로 입는 선호. 룸미러로 확인하면, 그사이 상처가 붙었다.

준비는 끝났다.

밖으로 나가는 선호. 주변을 살피며 카페 안으로 들어간다.

냉동창고에나 쓸 법한 두꺼운 문.

문을 열자, 따뜻한 온기가 흘러나온다.

환한 응접실같은 분위기의 지하실.

예상대로 운영자는 선호를 기다리고 있었다

소파에 앉아, 방독면을 쓴 채로.

순간 도망 나가려면, 열리지 않는 문.

심장이 조여드는 듯한 느낌과 동시에 온 몸이 굳어지기 시작한다.

신경독이 퍼지고 있다는 증거다.

재킷을 벗어 필사적으로 코 주위를 틀어막는 선호. 그러는 와중에 몸이 굳어져 털썩 바닥에 쓰러진다. 그제야 운영자가 일어서 다가온다.
 선호의 주머니를 뒤져 핸드폰과 지갑을 챙기는 운영자. 재킷 안주머니의 약통까지 찾아낸다.
 "이 중에 해독제가 있었겠지? 그래서 너가 어제 살았던 거고."
 선호의 눈앞에 약통을 흔든다.
 "오늘은 죽을 수 밖에 없어. 이 안은 아무리 소리질러도 밖에선 안들리거든? 독이 아니어도, 갇혀서. 굶어 죽는거야. 그럼 이만~"
 돌아서는 운영자. 말하려 해도 혀가 움직이지 않는다.
 책상 위의 구형 컴퓨터를 손수레에 옮겨 싣는 운영자.
 책장 쪽으로 가더니 맨 윗칸의 책을 레버처럼 당긴다. 벽 반대편을 향해 돌아가기 시작하는 책장. 노려보고있는 선호를 향해, 운영자가 손을 흔들어준다. 곧이어 난로로된 벽면 상태에서 멈춘다.
 '역시... 다른 해독제는 별 소용 없는 거였나?'
 킬러 일을 하면서, 가끔 죽음에 대해 상상했다.
 계획이 완전히 틀어졌을 때. 상대에게 붙잡히기 전, 스스로 목숨을 끊을 방법과 그 결과에 관한 것들이다.
 지금 이 상황은 생각했던 것 보다 빠르고 허무한 끝이다. 이제 죽음을 받아들여야 할 때. 마지막 순간이다.
 '나는... 두려움에 맞섰다.'
 결국엔 이게 다다. 더 멋진 말이 떠오를 줄 알았는데...
 시야에 밤이 내리듯, 모든게 어두워진다.

5

신나는 분위기의 노래.
잘 들어보면, 인생의 덧없음을 노래하고 있다.
이건 ...트로트다.
죽은건지 살아있는지 분간이 가질 않는다. 눈을 뜨려고 하지만, 떠지지 않는 선호. 시도한지 한참만에 어렴풋이 눈이 떠진다.
빛이 들어오는 한 쪽으로 앉아있는 어떤 여자의 뒷모습이 보인다.
"...죽은 거예요?..."
물어보려고 한 말인데, 맥빠진 신음소리만 날 뿐이다.
몸 위로 덮여져 있는 이불. 바닥쪽이 뜨끈한게, 전기 장판이 깔린 듯 하다.
몸 상태가... 납덩이처럼 무겁다. 온 몸의 힘을 쥐어짜도 겨우 손가락 하나를 까딱하는 정도가 다다.
온통 심하게 얻어맞은 것 같은 고통이 느껴진다.
긍정적이다. 몸의 세포들이 독소와 싸우는 중이라는 소리니까.
다 포기한 채 소리를 지르는 데만 집중하기로 한 선호.
"으어어으으..."
이번엔 제법 소리가 새어나왔다.
드디어 여자가 선호쪽을 돌아본다. 또래 여자다.
어딘지 눈에 익은 얼굴이다... 어디서봤더라?
"어머. 눈 떴네, 떴어."

여자가 근처에 놓인 생수병을 들어 눈앞에 보인다.
"물 드릴테니까 드세요. 알았죠?"
고개를 끄덕이는 대신 눈을 깜빡이는 선호.
여자가 한쪽 손으로 선호의 입을 움켜쥐고, 벌어진 입 사이로 물을 흘려넣는다.
이건, 일할때 타깃에게 쓰던 방법인데...
몇 번을 반복하는 여자. 신기하게 점점 고통이 가시는 느낌이 든다. 목이 말랐었나 보다.
억지로 손을 들어올려 됐다는 신호를 준다.
"뭘 하고다녔길래 사람이 꼬박 이틀을 자~ 죽는거 아닌가 했네."
"어... 디...?"
드디어 말이 나왔다. 입안에 모래가 가득 한 느낌이다.
"여기 어디냐고? 인천. 자기는 젊은 여자애가 데려다 줬어. 중요한 손님이니까 며칠 봐달라고. 서울서 큰 난리가 났다더만, 싹 다 갈리고 이제는 사람까지 맡기나보네?"
생각났다. 이 여자는 선호가 지급받은 신분증의 원주인. 민영미다.
그렇다면 여기는 용회장 조직의 물품보관소 중 한 곳이라는 말인데...
"스포츠카죠?..."
가까스로 상체를 일이킨 선호가 물으면, 고개를 끄덕이는 영미.
리안이다. 그날 밤. 폐차장에서 나온 이후에도 계속 따라

오면서 지켜봤다는 얘기다.

리안이 그 지하실에 들어와서 나를 구한거다.

그런데, 도대체 여기는 어떻게 알고 온거지?... 복잡한 생각을 하려니 머리가 빠개질 것 같은 두통이 밀려든다.

"진통제... 있어요?"

영미가 건네는 알약을 씹어먹는 선호.

주위를 찬찬히 둘러보니, 여기는 컨테이너 가게다.

딱 더블베드 크기만한 평상 위 공간. 영미는 담요를 덮고 앉아서 창쪽에 다가오는 손님에게 복권이나 군것질 거리를 팔고 있다.

전기 장판에, 양쪽으로 전기 난로 두 개를 틀어놨지만 여전히 냉기가 서려있다. 거리에서 무심코 지나치던 곳 안쪽이 이런 곳 일 줄이야...

완벽한 은신처 같아서 일단은 안심이다.

문제는 몸같지 않은 몸이다. 언제쯤 원 상태를 회복할 수 있을지 감도 잡히지 않는다. 시간을 끌면 사라져 버릴 것 같은 상대에게 이건 좋지 않다.

일단, 몸을 움직여 봐야겠다.

신발을 찾아 신고 가게 밖으로 나오면, 인천항이 바라 보이는 황량한 도로변.

안과 밖의 차이 때문에 어지러움을 느낄 정도다.

얼어붙은 길을 비틀비틀 걷기 시작한다.

날이 저물고 있다.

문득, 쓰러질 때 입던 옷 그대로인 걸 깨닫는다.

주머니를 뒤져보면, 텅 빈 주머니.
핸드폰, 신분증이 든 지갑... 모든 걸 싹 다 가져갔다.
바보가 된 기분인 동시에, 어쩐지 홀가분하다.
이제 가진 건 몸밖에 없는데, 질식할 것처럼 숨이 턱 끝까지 차오른다. 걸어 온 길을 돌아보면, 기가 찰 정도로 얼마 걷지도 못했다.
오늘은 여기까지.
다시 가게를 향해 비틀거리며 되돌아간다.

영미는 가게에서 살고 있었다.
가게에서 일하고 가게에서 잠을 잔다.
끼니는 라면류의 간편식으로 때우고, 근처 편의점 건물의 화장실을 이용한다. 먹을 게 필요하거나 화장실 갈 때 빼곤 계속 가게에 있다.
"트로트 좋아하시나 봐요?"
그날 밤. 옆에 자리를 잡고 눕는 영미에게 선호가 말을 걸어본다. 계속 움직였더니 몸이 화끈거린다.
"아니요. 원래 최신가요만 들었어요. 저도 여기 온 지 얼마 안 됐어요."
잠시 정적.
말로는 설명하기 힘든 동질감이 둘 사이에 흐른다.
"여기 있으면 완전히 다른 삶을 살게 될 줄 알았는데, 별로 달라진 게 없더라고요. 전에도 일 없을 땐 핸드폰 보는 게 다였거든요. 그래서 음악이라도 바꿔봤어요. 듣다 보니 좋더라고요."

 그러고 보니, 영미의 핸드폰 벨소리가 최신가요였지...

 영미는 여기서 나갔을 때 하고 싶은 일들에 관한 글을 쓴다고 했다. 핸드폰만 보고 있는 게 질려서 낙서하듯 시작했는데, 재미를 붙였다고.

 내용을 들어보니 SF 소설 같았다. 영미를 주인공으로 한.

 선호도 이쪽 생활을 하면서 생각지도 못한 독서에 재미를 붙인 터다. 외출하면, 대부분 서점에서 하루 종일 시간을 보냈다. 책을 읽음으로써 살아갈 힘을 얻는 것 같은 기분. 그 안에서 희망을 느꼈던 것 같다. 영미는 글쓰기에서 그런 희망을 찾은 것 같았다.

 어쩌면 인간이란, 삶에 심각한 제약을 받게되면 필사적으로 탈출구를 찾게되는 존재일지도...

 자기 얘기를 풀어놓는 영미. 선호가 자신의 신분으로 살고 있다는 사실은 꿈에도 모를 거다.

 다음 날.

 밖을 걸어가는 선호. 본격적으로 재활 운동을 시작했다.

 가만히 있는데도 눈꺼풀이 경련을 일으킨다. 어제보다는 나아졌지만, 상태가 바닥임을 느낄 수 있다.

 가게 주변은 황량해도 시야가 탁 트인 항만브지다. 운동하기에 나쁘지 않다.

 경사로를 따라 동네 길을 올라가는 선호. 어느 순간, 눈앞에 계단이 나타난다. 뒷동산 꼭대기의 공원을 향해 난 계단. 최고의 장소다!

계단을 오르기 시작하는 선호. 역시 힘들다. 다섯 칸을 오르기가 무섭다.

쉬었다가 가기를 끈질기게 반복하는 선호. 마침내 계단의 끝에 도착하면... 거의 한 시간이 걸렸다.

눈앞에 항구가 한 눈에 들어오는 멋진 뷰가 펼쳐진다.

내려가기는 수월하다. 중간에 쉬지 않고서도 끝까지 내려가진다.

계단 오르내리기를 반복하는 선호. 비틀비틀 쉽지 않은 걸음을 하면서도, 쉬지않고 계속한다.

추위 속, 몸에서 김이 피어오르는 모습.

어두워 질 때 쯤, 또한 번 끝에 도착한 선호.

저물녘의 바다를 향해, 크게 소리를 지른다!

삼일 째.

뛰어서 계단 끝에 도착하는 선호.

다시 또 해가 저물고 있다. 시간이 순식간에 날아갔다.

호흡도, 근력도... 느껴지는 몸의 컨디션이 거의 원래대로 돌아왔다.

먼 바다를 바라보며 천천히 심호흡을 하는 선호.

가만히 고개를 끄덕인다.

이제, 여기를 떠날 준비가 됐다.

가게 앞에 까맣게 썬팅된 차 한대가 멈춰선다.

영미에게 불러달라고 한 셔틀이다.

목적지는 청담동의 용회장 빌딩. 리안과 용회장쪽이 어떤 관계인지는, 회사에 가보면 알 수 있다.

리안을 만난다면 고맙다는 인사를 할 것이다. 목숨을 빚졌으니까. 그 이상은 생각하지 않는다.

왠일인지 가게 밖까지 나와서 선호를 배웅하는 영미.

손을 흔드는 영미를 선호가 다가가 껴안아 준다.

순간 흐려지는 영미의 얼굴. 하지만 곧 활짝 웃으며 선호의 등을 떠민다.

별로 많은 얘기를 나눈 것도 아닌데, 오랫동안 알던 사이처럼 지냈다. 마치 또 다른 자신을 만난 것처럼.

미소로 작별인사를 대신하는 선호. 셔틀에 오른다.

밤 9시. 청담동.

1층의 최고급 스포츠카 매장이 시선을 끄는 웅장한 빌딩의 모습. 용회장의 자랑거리였던, 건설회사 빌딩이다.

며칠 전, 한 해의 마지막 날. 선호는 여기 왔었다. 용회장의 망년회가 열린 곳. 집무실은 이 빌딩 20층, 펜트하우스에 있다.

아무도 없이 텅 빈 로비 풍경.

그때 봤던 험악한 인상의 경비원들이 없다.

그냥 열린 채의 보안 검색대를 통과하여 엘리베이터를 타는 선호. 20층을 누른다.

엘리베이터 문이 열리면, 날카로운 빔 조명과 함께 쿵쿵거리는 비트가 쏟아져 내린다.

"...오마이갓..."

 주위를 둘러보며 자기도 모르게 중얼거리는 선호. 용회장의 펜트하우스를... 완전히 박살 내놨다.

 가장 잘 보이는 정면의 벽 쪽에 DJ 부스와 장비들로 클럽 스테이지를 만들어 놓은 모습.

 폐허같이 벌여놓은 한 가운데서 수십 명의 남녀들이 미친 듯이 흔들고 있다.

 어디선가 나타난 할머니 한 분이 다가와 목례를 한다.

 저분은... 길거리에서 나물 파시는 분 같은데... 원래는 링링이 했을 역할이다. 용회장의 오른팔, 링링이.

 링링이 어디서 뭘 하고 있는지 알 방법은 없다.

 여기가 이 지경인 걸로 봐서, 죽었을 거다. 아마도.

 눈에 보이는 모든 것이 외쳐대는 미칠듯한 폭력성이 그렇다고 말하고 있다.

 앞장서 가는 할머니. 선호를 용회장의 집무실로 안내한다.

 변함없는 모습을 유지하고 있는 집무실.

 항상 있던 건축물 축소모형도 그 자리 그대로다.

 창가에 서서 누군가와 통화 중이던 리안이 선호를 보고 소파에 앉으라는 손짓을 한다.

 찬찬히 바뀐 것을 살피는 선호.

 책상 뒤쪽에 전시돼 있던 칼 대신, 폴라로이드 사진이 담긴 작은 액자가 놓여있다.

 며칠 전, 그 칼을 자신이 부쉈다는 걸 아는 선호. 액자의 사진이 궁금해서 가까이 다가가본다.

7년 전. 팽회장의 생일파티 때 찍은 사진이다. 어릴 적의 리안도 보인다. 티 없이 활짝 웃고 있다.
"이 날. 아빠가 나한테 약속한 게 있었어."
어느새 옆에 다가온 리안이 말한다.
블랙 실크드레스 위로 가죽 띠를 타이트하게 맨 모습.
띠의 한쪽 끝, 묵직하게 달린 권총이 보인다.
문득 형사 시절의 촉감을 떠올리는 선호. 오랜만에 보는 권총집이다.
"이 세상을 나한테 주겠다고. 용씨가 가진 걸 보니까, 아빠 말이 맞더라고?... 그날이 이렇게 빨리 올 줄은 몰랐지. 운이 좋았어."
리안이 선호를 바라보며 웃는다. 드러나는 치아교정기의 존재감. 한층 더 불길해진 느낌이다.
"어떻게 했냐고? 죽은 용씨가 다 했어. 지들끼리 난장판이 벌어질 때, 잠깐 기다리다가 남은 쪽에 한 방 먹였지. 이제, 언니만 죽이면 끝이야. 몸 상태도 돌아온 것 같으니까, 시작해 볼까?"
선호를 향한 채 몸을 사선으로 비스듬히 돌려 싸울 자세를 잡는 리안. 한 손을 앞으로 내밀어 선호에게 까딱까딱 신호를 보낸다.
"고마워. 이 말 하려고 왔어."
말을 마친 선호. 그대로 문 쪽을 향해 걸어가기 시작한다.
"거기 서! 지금 당장 죽여버릴 수도 있어!"
돌아보는 선호. 리안이 어느새 총을 겨누고 있다.
"넌 날 못죽여. 내가 널..."

탕!탕!탕!탕!탕!!!~ 찰칵찰칵...

눈앞에서 총알을 전부 쏜 리안. 빗겨 쏜 듯, 스치지도 않았다.

"...못죽이는 것처럼."

잠시 멈춰서서 서로를 바라보는 리안과 선호.

"이 일 끝나면, 나 은퇴해. 난... 너도 새로운 인생을 살았으면 좋겠어."

가만히 듣고있던 리안. 문득 생각난 듯, 주머니에서 꺼낸 걸 선호에게 던진다. 차키다.

"지하 4층에 있어."

말을 마치고 창가쪽으로 가는 리안. 둘의 모습이 흐릿한 실루엣으로 창에 비쳐 보인다.

목례하는 리안의 실루엣. 선호도 정중한 목례로 작별인사를 한다.

6

도봉산 근처.

어둠에 잠긴 상가의 모습. 누군가를 부르는 것처럼, 시커멓게 출입구를 드러낸 채 웅크리고 있다.

차에서 내리는 선호. 입구를 향해 똑바로 걸어들어간다.

계단을 내려오면, 전에 있던 PC방 불빛이 없다.

아무것도 보이지 않는, 암흑이다.

주머니에서 팬라이트를 꺼내 앞을 비추는 선호. 확 좁아진

시야에 본능적으로 온 몸의 신경이 최대치로 곤두선다.

'개인 사정상 PC방 영업을 종료합니다. 그동안 감사했습니다.'

정자체로 쓴 노트가 붙어있는 출입문.
문은 잠겨있지 않다.
어둠 속, 모든것이 그대로 인 PC방의 모습. 팬라이트 빛을 카운터 쪽으로 비춰보면, 눈을 감고 의자에 앉아있는 노인의 모습이 보인다.
말끔한 양복 차림에 구두까지 신은 노인. 죽었는지 살았는지 분간하기 어렵다.
확인하려고 가까이 다가가는데... 순간, 눈을 뜨고 똑바로 선호를 본다.
"자네가 다시 올 줄 알았네. 생각보다는 늦었구먼."
세상이 곧 사라질 듯이 말하는 노인. 선호의 기억 속, 죽음을 결심한 자의 목소리다. 낮고, 또렷하다.
"덕분에요. 제가 온 이유는..."
"모른다고 했잖나. 몰라. 아무것도 몰라."
되풀이하는 노인. 그때나 지금이나 진짜처럼 들린다.
"그게 우리가 일하는 방식이네. 여긴 누가 아무리 샅샅이 뒤진다고 해도 그냥 PC방일 뿐이고. 실망했는가? 허나 내 자네에게 줄 선물이 있네만."
'함정인가?!!'
순간 철렁하는 선호. 대부분 이런경우, 선물은 자폭을 의미한다. 이제 해독제도 뭐도 아무것도 없다. 지금 먼저 쳐야 하나?...
"내가 자네를 기다린건, 자네가 어떻든 간에 날 죽일게 확실해서야. 아닌가?"
선택 직전의 선호에게 노인이 던지는 말.
"...저한테 죽으시려고요?"
고개를 끄덕이는 노인. 잠시 침묵이 흐른다.
"난... 여기서 내 삶을 마치고 싶네. 내가 있을 곳. 내 집. 바로 이 자리에서. 처음 자넬 볼때부터 알았어. 자네라면 그 역할을 할 수 있겠다는걸. 그에 대한 보답이 내 선물이네. 어떤가?"

상가 밖으로 나오는 선호.
운전석에 앉아 잠시 그대로 상가쪽을 바라본다. 더이상 아무것도 느껴지지 않는 모습. 영혼이 빠져나간 폐허같다.
키를 돌려 시동을 거는 선호. 울부짖는 듯한 엔진소리가 터져나온다.
문득, 그대로 텅빈 주차장을 한 바퀴 돌며 사정없이 적막을 찢어놓는 선호. 분명히 이곳에 서려있었던 그 무엇인가를 향해, 끝을 알린다.

골목 한쪽에 차를 세우는 선호.
평일, 자정을 넘긴 시각의 종로. 거리엔 아직 드문드문 사람들이 있다.

차창 너머, 좀 떨어진 곳의 〈모텔 판타지아〉 간판이 보인다.

민구가 있던 그 모텔. 여기가 노인이 알려준 곳이다.

자신과 같은 일을 하는 곳이 또 하나 있다고 했다. 거기 가면, 운영자에 대해 알 수도 있을지 모른다. 그리고 노인은 이 모텔을 말했다.

민구가 여기서 묶었다는 사실을 전혀 모르는 노인.

하지만 도저히 우연의 일치로는 볼 수 없는 상황이다.

민구는 어딘가 모를 더 깊은 연관을 갖고 움직였던게 아닐까?

어쩌면 원한관계일 수도... 갑자기 퍼즐이 더 복잡해진다.

명함을 건네던 장갑낀 손을 떠올리는 선호. 일단 그 청소직원을 다시 만나기로 한다.

낮보다 밤에 더 붐비는 모텔. 당직 직원도 깨어있을테고, 불필요한 사람들과 마주칠 위험이 높다.

객실 청소는 아침 10시에 시작한다... 그때면 불필요한 관심을 끌지 않고 그 청소직원을 만날 수 있을 것이다.

내일 움직이기로 결정한 선호.

시트 열선을 켜고, 좌석을 조절하여 눕는다.

낭떠러지 아래로 추락하듯, 눈이 감긴다.

"누구?..."

갈라진 목소리. 변기를 솔질하던 청소직원이 욕실 거울에 비친 선호를 향해 말한다.

노인과 비슷한 연배로 보이는 60대 할머니다. 여장부 같은, 선이 굵고 시원한 얼굴. 손을 보면, 선호에게 명함을 건네던 그 손이 맞다. 여전히 검정색 라텍스 장갑을 끼고 있다.

"박민구씨 찾아 왔었어요. 며칠전에."

"네, 그래서요?"

 전혀 모르는 것 일수도, 모르는 척 하는 걸 수도 있다. 정말로 박민구가 여기 온 건, 순전한 우연의 일치였을까?

"파라다이스 PC방에서 오는 길이에요. 박민구씨가 그쪽 손님이었어요."

 그냥 있는 그대로 말해버린다. 잠시 거울을 통해 서로를 탐색하는 둘. 마침내 직원이 뒤돌아 선호를 향한다.

"눈빛에 죽음이 있네~ 운영자 찾는거지? 누군가의 복수로."

 선호의 눈을 똑바로 쳐다보며 손의 장갑을 벗는다. 본능적으로 엄습하는 위험을 느끼는 선호. 직업병 처럼 상대의 눈을 통해 미세한 감정을 읽는데, 상대의 눈도 같은 걸 보이고 있어서다. 적대적인 곳에서 갑자기 거울에 비친 자신을 본 것과 같다.

"날 찾아온 걸 보니, 호민이는 죽었고."

 선호가 고개를 끄덕인다.

"이 날이 언제오나~ 기다렸어."

 직원은 자기가 이 모텔의 주인이라고 했다.

 지금까지 두 모집책 다 노인인 반면, 실제로 사람을 죽이는 운영자 쪽은 상당히 젊다는 점이 이상하다고 생각하는 선호. 어쩐지 나이든 운영자가 있었던 것 같다.
 이걸 물어볼까 하다가 관둔다. 선호에겐 이제 곧 제거해야 할 일당 중 하나일 뿐. 필요없는 행동은 최소화 한다.
 눈치가 빠른 듯, 말 하기를 중단하는 모텔 즈인. 묵묵히 2층 복도 끝, 자기 방으로 향한다.

 방에는 사무실처럼 침대 대신 책상을 들여놨다.
 게임을 위한 컴퓨터와 장비를 갖춘 모습. 한 쪽엔 파라다이스에서 봤던 것과 똑같은 구형 컴퓨터가 있다.
 PC방 노인과는 달리, 자살클럽 일이 본업인 듯한 분위기를 풍긴다. 전문 모집책인 거다.
 어쩌면 아무 연관도 없어보이던 PC방 쪽이 더 고수였을지도 모른다.
 선호가 지켜보는 가운데 구형 컴퓨터의 전원을 켜는 주인. 화면이 준비되자, 키보드를 두드린다.

　　　　판타지아_ 졸업식 요청. 오늘 밤 9시. '화'에서.

 저녁 7시. 특급 호텔 레스토랑.
 층고가 높고 탁 트인 연회장의 분위기. 옆 티이블과의 거리가 멀찌감치 떨어져있다. 선호의 맞은편. 주인이 맞춤 정장으로 완벽하게 갖춰입은 모습으로 자리에 앉아있다.
 이러려던게 아닌데, 꼭 엄마와 함께 온 딸 처럼 보인다.

"나 죽이면, 절대로 못만나~"
 운영자에게 연락을 마치자마자 한 주인의 첫 마디다.
 타깃에게 끌려다닌다는 건, 적의 손에 목숨을 쥐어준 꼴이다. 위험부담이 너무 크다. 하지만 이번엔 상대의 룰을 따르지 않고서는 접근이 불가능한 게임이다.
 주인은 자신이 쥔 카드가 뭔지 정확히 알았다.
 모텔을 나선 주인은 쪽지에 적힌 뭔가를 확인하며 미션 수행하듯 움직였다. 그런 주인을... 쫓아다녔다.
 일단 백화점 식당에서 점심부터 든든히 먹은 후 양장점에 들어가서 옷과 구두를 맞췄다. 완성된 옷을 갖춰입고 극장에 들어가 영화를 한편을 보고, 적당히 주변 산책을 한 후 이 레스토랑에 왔다.
 모든 건 물 흐르듯이 실행됐다. 철저한 성격인 듯, 가는 곳마다 이미 준비된 상태로 그들을 기다리고 있었다.

 레스토랑에서는 두 사람 분의 프랑스식 코스요리가 주문되어 있었다. 예쁜 접시에 담겨 끊임없이 나오는 이름을 알 수없는 요리들.
 주인의 어색한 포크질을 바라보는 선호. 음식을 찍으면, 미끄러져 도망간다. 무척 중요한 일을 하는 사람처럼, 땀을 뻘뻘흘려가며 집중하는 주인의 모습.
 메인 요리인 스테이크에 이르자, 한시름 여유가 생긴다.
 "날 도와줘서 고마워. 덕분에 하루 잘 놀았으니까, 뭘 해줄

까?"

 주인이 선호를 물끄러미 바라본다.

"그 쪽 인터뷰요."

 기다렸다는 듯 말하는 선호. 자살클럽 의뢰인들이 영혼까지 털리는 첫 관문, 인터뷰. 익숙한 단어에 당황한 주인이 표정을 출렁인다.

"자살클럽에 대해 알고싶어요."

 둘 사이 흐르는 정적. '이게 너의 마지막이라면 말 해도 되잖아?' 라는게 선호의 의도다.

"...30년 전에, 호민이랑 난 노숙자였어."

 결심한 듯, 주인이 이야기를 시작한다.

"어느 날 그분이 우릴 찾아왔지. 평생 잘 먹고 살 수 있는 일이 있다고, 우리가 꼭 필요한 일이라고 했지. 당연히 우린 한다고 했어. 그랬더니 진짜로 나한텐 모텔을 주셨고, 호민이 한텐 PC방을 주셨어. 그래서 내가 판타지아고, 호민인 파라다이스야. 그분, 호민이, 나 셋이 자살클럽을 만들었지. 이름처럼, 자살하려는 사람을 데려오는 일이었어. 게임 안에서. 모집책 같은 거지."

 어느새 앞에는 디저트가 놓여있다. 예쁜 접시 위 정성스레 놓인 아이스크림을 한 입 맛보는 주인. 달콤할 텐데 쓴 것처럼 찡그린다.

"우리가 데려다 주면, 그분이 보내는 걸 맡았지. 아무도 모르게 일을 처리하기 위해 그 컴퓨터를 통해서만 대화하고. 그 분이 어디서 뭘 하는지는 모르지. 보안에 만전을 기했어... 그분께서 우리가 하는 일은 인간이 끝을 스스로 선택

할 수 있게 돕는 의미있고 특별한 일이라고 했어. 그 생각으로 여태 한거야."

동의를 구하듯 선호를 쳐다보는 주인. 선호에게는 죄질이 나쁜 싸이코 살인집단일 뿐이다. 선호의 생각을 읽은 듯, 주인이 눈길을 피한다.

"그분이 우리에게 한가지 약속을 하셨지."

목소리가 떨리기 시작한다.

"때가 되면 우리 자신도 그 혜택을 받을 수 있다고. 그게 우리의 '졸업식'이야."

먼 곳을 향하는 시선으로 상념에 잠긴 주인. 운영자가 바뀐 걸 모르는게 확실하다.

아무것도 말하지 않는 선호. 여기까지 잘 왔는데, 분위기를 깨서 좋을게 없다.

어느덧 계산서만 남아있는 테이블.

선호가 계산서를 들고 먼저 자리에서 일어선다.

7

저녁 무렵, 서울 외곽의 주택가.

차고 문을 통과한 은색 세단이 마당 안으로 천천히 들어선다.

정원과 차량용 진입로가 구분된, 제법 너른 마당. 차창 너머 보이는 집은, 현대 미술을 연상시키는 네모난 1층짜리 콘크리트 집이다.

오늘부터 준수가 사는 곳. 회사에서 차로 10분 거리다.
집 뒷편에 숨기듯 차를 세운다.

변변한 의자 하나 없이 텅 빈 거실.
창밖으로 회색 빛 정원이 보인다.
6개월 전 쯤, 이 집은 예술가의 집이었다. 기억에 '금'을 선택했던 것 같다.
전 운영자는 이런 남겨진 집들을 부동산 업체에 넘기는 걸로 상당한 돈을 벌고 있었다. 꽤 오랜 시간이 흐른 후에야 알아낸 사실이다. 어쩌면 준수가 그를 죽인 이유는 배신감 때문이었는지도 모른다.
준수는 그렇게 하지 않았다.
그리고 오늘 처음으로 남겨진 집들 중 한 곳에 왔다.
대문 밖, 무성하게 쌓여있던 6개월 치 광고 전단지.
그 모습을 보는 순간, 왜 굳이 서울에 한정해서 이 일을 하는지가 완전히 이해가 갔다.
죽음에 무감각한, 비정한 도시.
앞으론 매 년 집들을 바꿔 돌아다녀야 겠다.

방에는 침대 하나, 책상 하나... 옷장도 텅 비었다.
삶을 정리하면서 모든 흔적을 지운 듯 하다.
손수레에 실린 구형 컴퓨터를 책상에 올려놓는 준수.
챙겨온 무선 공유기를 한쪽에 설치하면, 준비 끝이다.
컴퓨터의 전원을 켜는 준수. 마지막 접속 후 4일이 지났다. 그 사이 무슨 일이 벌어졌다면, 메시지가 들어 와 있을 것이다.
화면이 준비되면, 클럽 비밀번호를 입력한다.
'띵똥~'
엔터키를 누른 동시에 들리는 초인종 소리.
핸드폰을 확인하는 준수. 연락온 건 아무것도 없다.
잠깐 무시할까 생각하는데, 다시 한번 울리는 초인종. 할 수 없이 집 밖으로 나선다.

마당을 지나 대문 쪽을 향해 걸어가는 준수.
닫혀진 철문에 가려 그 너머의 상대를 확인 할 수 없다.
안에서 확인할 수 있도록 대문에 비디오폰을 달아야겠다.
"누구세요?"
아무 대답이 없다.
언제든 전기 충격기를 쓸 준비를 한 채, 조심스럽게 대문을 여는 준수. 순간. 플래시가 터진다.
카메라를 든 410호다. 기습 촬영을 또 당했다.
"어떻게 날?..."
진짜로 놀라서 묻는 준수. 아마 표정이 가관일것이다.
"말했잖아요, 나 파파라치라고."
한쪽 눈을 찡긋 해 보이는 410호. 어정쩡하게 선 준수 사이를 비집고 문 안으로 들어온다.
"어떻게 이 한 겨울에 이틀 만에 집을 비우고, 이런 집까지 얻는게 가능해요? 무슨 본 아이덴티티도 아니고."
마당을 지나 집 쪽으로 가며 말하는 410호.

집 안에서 처리해야겠다고 마음을 정한다.
"누구랑 같이 왔어요?"
"왜요? 내가 여기온지 아는 사람 있을까봐?"
쓱 돌아보는 410호에게 억지로 웃어주면, 뭐가 재밌는지 깔깔웃는다. 내 표정 때문인가?
"알아야 손님맞을 준비를 하죠~"
"혼자 왔어요~ 집좀 구경해도 돼죠?"
"네. 물론이죠."

"완전히 텅 비었네~"
볼게 아무것도 없는데 흥미 진진하다는 표정.
"이사님 작업실이에요. 저도 집 구할때 까지만 잠깐 있는 거라서."
이번에야 말로 전기 충격기를 제대로 손에 쥐는 준수. 410호가 방으로 들어간다.
"어? 이런게 아직도 있네?"
구형 컴퓨터를 본 410호가 신기해 한다. 최적의 타이밍이다.
"뭐야 이게... 누구 졸업식이라는데요?"
전기 충격기를 빼기 직전, 돌아서 준수에게 말하는 410호. 젠장... 메시지가 왔나보다.

    판타지아_ 졸업식 요청. 오늘 밤 9시. '화'에서.

화면에 떠있는 한 줄. 오늘 점심때 보냈다.

"팀끼리 주고받는 메시지에요. 중요한 날엔 보안이 필수거든요."

"중요한 날이면... 영화 계약?"

씩 웃으며 컴퓨터를 끄는 준수. 이럴땐 상대의 상상력이 가는대로 내버려 두면 된다.

"그렇다고 카톡놔두고 저런걸 써요?"

410호가 알쏭달쏭한 표정을 짓는다.

"사실..."

마지막으로 결정을 해보려 뜸을 들이는 준수.

"제가 선약이 있어서 나가봐야 할거 같은데, 혹시 다른일 없으면 잠깐 집좀 봐줄 수 있어요?"

입에서 튀어 나오는 대로 한 말. 바로 후회가 밀려든다.

"뭐해줄 건데요?"

눈을 게슴츠레 뜨고 준수를 똑바로 바라보는 410호. 순간 당황한 준수. 뒤로 주춤 물러선다.

'이 여자, 설마 나를?...'

갑자기 지금까지 410호가 한 이상한 행동들이 완전히 다르게 이해되기 시작하는 준수. 이런 감정은... 처음이다. 머리가 터질 것 같다.

"...갔다올 동안 생각해 볼게요."

도망치듯 자리를 벗어나는 준수.

"가지마요."

410호가 뭔가 말을 한 것 같은데, 준수에게는 더 이상 아무 말도 들리지 않는다.

8

 서울 외곽의 공장지대.

 어둠 속, 주기적으로 충돌 방지등을 깜빡이는 거대한 발전소 건물이 보인다.

 근처 철조망 옆 줄지어 서있는 트럭 사이, 숨은 것처럼 주차된 스포츠카 한 대.

 선호와 모텔 주인이 타고있다.

 "만나고 있을 테니까, 적당한 때 봐서 들어와. 내가 들어간 문으로 가는 사람만 확인하면 돼. 비밀번호가..."

 선호에게 출입 비밀번호와 주의사항을 알려주는 주인. 말을 마치고 먼저 차를 나선다.

 이곳은 가스를 태워 전기와 온수를 동시에 만들어내는 열병합 발전소다. 여기 발전실 중 하나에서 자살클럽 의뢰인들을 처리한다고 한다. 건물은 24시간 보안감시를 하고있지만, 당연히 모든 감시를 피한다고 했다. 그걸 가능하게 만들어 놓은 사람이 운영자라고.

 철조망 사이 뚫려있는 지점을 찾아 들어가는 주인. 점점 멀어지다, 오른편 맨 끝 건물의 문 안으로 사라진다.

 약속시간 밤 9시가 얼마 남지 않은 시간.

 주인이 들어간 문 쪽을 바라본 채 어둠속에 몸을 파묻는 선호. 발전기가 가동중인 듯, 건물 위로 세차게 하얀 연기를 뿜어내는 굴뚝이 보인다. 연이어 다섯개. 주인이 들어간 문 위의 여섯 번째 굴뚝만 아무 것도 없다.

 차안에 점점 냉기가 퍼진다.

문 옆 키패드에 번호를 입력하면, 두꺼운 밀폐문이 살짝 밖을 향해 열린다.

 힘겹게 문을 밀어내며 발전실 내부로 들어가는 주인.

 SF만화 속 거대 우주선 같은 풍경이 펼쳐진다.

 바로 앞에 전망대 같은 공간이 있다. 난간에 기대어 주변을 감상하는 주인. 말로만 듣던 곳에 처음 왔다.

 머리 위쪽으로 톱기바퀴처럼 맞물린 거대한 발전 터빈이 있고, 주위를 둘러싼 특수 내열처리된 벽엔, 온통 커다란 검은 구멍들이 나 있다. 저 구멍에서 불꽃이 나와 모든걸 태우겠지...

 얼마 뒤, 문이 열리며 나타나는 준수.

 예상치 못한 준수의 모습에 주인이 당황한다.

 "아~ 운영자님도 여기서 졸업하셨어요. 제가 그 뒤를 이어서 하고 있었습니다."

 주인 앞까지 다가온 준수가 태연하게 말한다.

 "...아무 연락도 못 받았는데?"

 "보안상 연락 안하는거 아시잖아요?"

 물론 그렇다. 하지만 졸업식만은 예외다. 무슨 일이 있어도 창립 맴버 세명이 한자리에 모이기로 약속했다.

 운영자에게 호민의 죽음을 알린 후, 함께 선호를 해치울 계획이었던 주인. 순간적으로 준수를 피해 사다리쪽으로 달려보지만, 얼마 못 가 붙잡혀 바닥에 쓰러진다.

 곧바로 독 스프레이를 주인에게 뿌리는 준수.

 "너가... 죽였지?"

마지막 한 마디를 말하는 주인. 마비가 시즈-된듯, 더이상 말을 하지 못한다.

축 늘어진 채 노려보는 주인의 시선을 뒤로. 사다리 쪽을 향해 걸어가는 준수.

눈앞으로 보이는 밀폐문이 저절로 열리더니, 검정 재킷을 입은 선호가 나타난다.

보고있는 자신의 눈을 의심하는 준수. 분명히 그 지하실에서 죽었을텐데...

그사이 선호가 사다리를 타고 바닥에 내려선다.

혼란 속, 제자리에 선 채로 머리를 굴리던 준수.

정신 차린 듯, 선호를 향해 스프레이 통을 겨누는데... 그 사이 다가와 통을 쳐내는 선호. 다음 동작으로 준수의 가랑이 사이에 하이킥 한 방을 선사한다.

바닥에 쓰러져 끙끙거리는 준수.

굴러간 통을 집어든 선호가 준수의 머리맡에 쭈그리고 앉는다.

"박민구가 죽였어!"

스프레이를 막 뿌리려는 선호에게 준수가 필사적으로 외친다.

"우릴 속이고 독약만 훔쳐갔다고! 우리도 이용당했어!!"

잠시 멈칫거리는 선호. 그걸 놓치지 않은 준수가 전기 충격기로 선호를 지진다.

순간 기절한 듯 쓰러지는 선호. 비틀거리며 다시 일어선 준수가 밀폐문을 향해 필사적으로 절뚝거리며 간다.

시간을 확인하는 준수. 발전기 가동까지 채 1분이 남지 않앉다.

 사다리를 붙잡고 올라가려는 순간, 등 뒤쪽에 쏘는 듯 따끔한 기분. 곧이어 준수의 눈에 보이던 것이 필름 끊기듯 끝난다.

 뒤에서 선호가 던진 칼이 준수의 심장을 관통했다!

 그 상태로 쓰러져 절명하는 준수.

 어딘가 깊은 곳에서 중저음의 웅웅거리는 기계소리가 들려온다.

 전력으로 뛰어 사다리를 기어오르는 선호. 밀폐문의 손잡이를 잡는 찰나, 등 뒤쪽이 환하게 밝아지기 시작한다...

4장. 그후 (After)

1

선호가 보인다.
아련하게 웃는 얼굴. 편안한 느낌이다.
'모든 일이 잘 되었다.'고 말하고 있다.
오랜만에 행복한 기분으로 따라 웃는다.
문득 깨어나는 리안. 침대맡으로 아침 햇살이 비춰들고 있다.
근처 탁자 위에 놓인 장미 한 송이와 차키.
선호가 왔었다. 꿈이 아니라 현실이었는지 모른다.
차키 아래, 쪽지가 있다.

    '고마워. 또 보자.'

간결한 선호의 글씨.
창문을 활짝 열고 아침 공기를 들이마시는 리안.
하늘 높이 날아가는 비행기 한 대가 눈에 들어온다.
하얗게 이어지는 궤적을 한동안 바라본다.

청담동, 용회장 빌딩 앞.
까만 스포츠카와 뒤따른 승합차 한 대가 멈춰선다.
리안이 먼저 밖으로 나오면, 따라서 우르르 내려서는 트레이닝복 차림의 십대들.
일부러 서로 최대한 다르게 보이려 한 듯한 색색깔의 모습들. '리안과 댄서들' 같다.
리안이 직접 키운 일곱명의 부하들이다.

입구를 향해 리안이 걸어가면, 마치 날개처럼 좌우로 펼쳐지듯 붙어간다.
 부모가 없거나 집을 나왔다는 공통점의 그들.
 선호에게 킬러 수업을 받기 시작한 다음날부터 한 명 씩 모아 키웠다. 배운 기술을 다듬을 훈련상대가 필요한 것도 있었지만, 언젠가 반드시 벌어질 용회장과의 전쟁을 위해 한 일. 평소에는 리안의 클럽 직원으로 일한다.

 용회장의 자리 싸움에서 승리한 놈은, 회계를 맡고있던 말단 부하였다.
 모든 조직원들의 정보를 쥐고 있던 그.
 당연히 용회장이 죽었다는 소문도, 시작된 순간에 알아챘다.
 극비에 진행되는 모든 싸움이 그의 눈앞에 있었다. 상대를 끝까지 쫓아가 전부 다 죽이는 상황들.
 숫적 우세보다, 허를 찌르는 쪽이 살아남았다.
 상황을 지켜보던 그. 자리를 차지할 방법을 떠올렸다.
 평소 심부름 시키며 키워 둔 사냥개 몇 마리를 불러놓고 때가 오기를 기다렸다.
 최후의 승자가 나온 직후의 축하연이 그때였다.
 그들이 했던 방식 그대로 헛점을 찌른다.
 우두머리 먼저. 나머지도 한꺼번에 처리한다. 그렇게 간단히 조직 전체를 먹어버린 놈.
 하지만 그것이 끝은 아니었다.
 이 상황을 주시하던 또 다른 존재가 있었던 것.

바로, 리안이다.

리안은 처음부터 놈을 보고있었다. 용회장 조직의 동향을 감시할 목적으로 파고든 리안이 놈을 찍은 건, 어쩌면 당연한 일이다.

리안은 모든 상황이 끝나는 순간 움직였다.

뒷처리 까지 마친 후 드디어 회사로 돌아온 일당들.

그들을 기다리고 있는 댄서들을 영문을 모른 채 쳐다보던 게 놈들의 마지막 이었다.

어찌보면 범죄조직의 최후에 잘 어울렸다.

신의 벌이 내린 듯, 허무한 최후.

오늘은 리안이 용회장의 건설회사에 정식으로 출근하는 첫 날이다.

로비에 들어서면, 각자 팔것들을 앞에 펼쳐놓은 할머니들이 옹기종기 모여앉아 있다.

동네 시장같은 모습. 할머니들이 리안을 알아보고 벙긋 웃음짓는다.

"아까는 온통 시꺼먼 총각들만 들어가더만, 이젠 전부 색시들이네~ 호호호호~"

그 중 주섬주섬 일어서는 할머니 한 분. 안내하듯 일행에 앞장서 걸어간다.

리안이 이곳을 접수하러 왔던 날. 근처 길가에서 나물을 팔던 할머니다. 빌딩 안에서의 일을 마치고, 창밖의 뷰를 감상하던 리안의 시선에 문득 그 할머니가 보였다.

할머니에게 추우니까 로비로 들어오라고 했더니, 그날 이후 다른 할머니들이 하나 둘 모여들었다.

 뭐가 그렇게 고마운지, 리안이 올때마다 집사 노릇을 자처하듯 저런다.

 리안에게 무슨 일을 하냐고 물었을때, 서커스를 한다고 대답했다.

 할머니가 활짝 웃었다.

"지금 제정신이야!!"
 적막한 회의실에 고성이 터진다.
 직사각형 테이블에 일사분란하게 둘러앉은 양복입은 남자들. 단상에 오른 리안과 부하들을 찢어 죽일듯 노려보고있다.
"밖은 저따위를 만들어 놓고, 그꼴은..."
 삿대질을 하던 남자가 분을 삭이지 못한 듯 눈을 희번덕거린다.
"이... 감히 어디서!!!"
"그렇게 봐주셨다니, 안심했습니다!"
 뒤에 선 부하들이 미소짓는다.
"니네가 앉아계시는 자리에 제가 미친짓 좀 했다는 걸 믿으시겠네요?"
 말을 하며 단상에 준비된 버튼을 누르는 리안. 점멸을 시작하는 버튼을 들어보인다.
"이 순간부터 자리를 벗어나면, 죽어요."

회의장 분위기가 갑자기 찬물을 끼얹은 듯 싸늘해진다.
"잘 아시겠지만, 이 회사의 주인은 이제 접니다. 지금 부터 내가 하는 말 새겨 들으세요."
리안이 단상에서 내려가 남자들의 뒤쪽으로 천천히 걷기 시작한다.
"첫째. 섹시하세요. 앞으로 우리 회사의 모토는 섹시하자 입니다. 건축도 섹시하게 할거에요."
앉아있는 남자들의 얼굴이 하나같이 누렇게 뜬 모습. 그야말로... 장관이다.
"둘째. 이 시간 이후로 진행할 프로젝트는 제가 직접 검사 하니까 알아서들 하세요. 참고로 전 발코니나 안뜰 같은거 좋아해요~"
말하는 동안 삿대질 하던 남자의 뒤에 도착한 리안. 그의 어깨를 격려하듯 토닥여 준다.
"셋째. 번 돈의 절반은 무조건 문화 사업에 투자합니다. 다들 들어오면서 클럽 만들어 놓은 것 봤죠? 회사 안에 제대로된 클럽 생기니까, 일 할 맛 나죠! 음악 좀 틀고. 춤도 좀 춰 가면서 하자고요~ 참고로 경고하는데, 앞으로 맘에 안 드는 것들 보이면, 보셨듯이 보이는 대로 다 박살 낼거에요~ 이 세가지를. 섹시하게. 오케이?"
어느새 원래의 단상 자리로 돌아온 리안.
죽음같은 침묵이 회의장에 흐른다.
"자, 그럼. 각자의 앞에 놓인 서류에 서명하세요. 종신 계약이니 신중한 결정을 부탁드립니다. 서명 못하실 분들은 지금 자리에서 나가주세요."

말을 마친 리안. 씨익 웃는데...
더 이상 치아 교정기가 보이지 않는다.

2

 상하이 국제공항.
 수많은 행선지들 중 인천발 비행기의 도착을 알리는 표지판의 모습.
 입국장 문이 열리고, 탑승객들이 캐리어를 끌며 밖으로 나오기 시작한다. 그들 사이, 까만 가죽재킷에 선글라스를 낀 선호의 모습. 짐이라곤 손에 쥔 여권과 비행기 티켓 뿐이다.

 그날 밤.
 선호는 밀폐문 손잡이를 잡았던 손에 약간의 화상만 입고 빠져나왔다. 1초만 더 늦었어도 노출된 피부 전체에 3도 화상을, 그 이상은 생각하기도 싫다.
 그 문을 나선 순간. 선호의 은퇴는 성립됐다.
 이번 의뢰의 경우, 용회장의 죽음과 관련된 표적들을 전부 제거한 순간이 약속된 은퇴 시점이다.
 선호는 이태원으로 갔다.

 이태원 역 안, 물품 보관함.
 링링이 준 물건을 꺼내려면, 신용카드가 있어야 한다.
 도움을 받을 방법은... 도둑질 뿐이다.

이럴 때 소매치기 기술보다 좋은 건 별로없다.
태국 방콕에서. 네 번째 의뢰 때 배워뒀다.

생각보다도 더 국제적인 도시였던 방콕.
수많은 외국인들이 사는 도시. 그만큼 보안이 철저했다.
의뢰의 타깃은, 사람이 아닌 저장장치.
그 안엔 용회장을 해킹한 놈들이 담보로 잡은 데이터가 들어있었다. 물건이 있는 곳에 가려면, 보안 문의 열쇠가 반드시 필요했다.
열쇠를 가진 사람은 단 한 명, 놈들의 우두머리인 태국인.
심지어 항상 그 열쇠를 목에 걸고 다녔다.
그가 눈치채지 못하게 그 열쇠를 빼돌려야 했다.

현지 소매치기 전문가는 두 가지 방법을 알려줬다.
쉬운 경우의 방법과, 어려운 경우의 방법이다. 둘 다 상대방의 정신줄을 흔들어 놓은 상태에서 목표한 물건을 슬쩍한다는 건 같았다. 어려운 상황일때, 그 어려운 정도만큼 상대방의 혼을 빼 놔야 한다고 했다.
"연인의 싸움을 가장한 경우가 가장 효과적입니다. 아무리 미친 짓을 해도 진짜같아 보이거든요"

의뢰 실행 당일. 그 태국인이 잘 가는 식당.
태국인이 막 자리에 앉았을 때, 그 옆 자리에 앉는 어느 커플. 선호와 선호가 돈주고 끌고온 길가던 외국인이다.
점점 언성을 높이며 싸우는 선호. 처음엔 영어로 시작한

싸움이 한국 욕으로 변하는데...
 갑자기 옆자리 태국인의 멱살을 잡고 키스하는 선호. 뭐라 할 새도 없이 그 자리를 박차고 나간다.
 작전 성공. 그의 목에 걸린 열쇠를 훔쳐냈다.

이번에도 행인의 지갑을 간단히 훔쳐낸 선호.
다시 이태원 역 물품 보관함 앞으로 돌아온다.
외웠던 쪽지의 내용은... 8번 보관함에 비밀번호 1000.
결제를 마치자, 8번 보관함의 문이 탁 하고 열린다.
안에 놓여있는 두툼한 일수가방.
 열어보면 예상했던 대로 상하이행 비행기표와 여권, 얼마간의 중국 돈이 보인다.
 핸드폰에 중국 유심 칩까지 들어있는 모습... 역시 링링이다.

곧바로 인천공항에서 상하이행 첫 비행기를 탔다.
민영미의 삶은 두고왔다.
 구해놓은 방은 어떻게 알아서 되겠지. 하루아침에 사라지는 일은 막장에 가까울수록 빈번한 일이니까.
 링링의 행방은 완전히 묘연한 상태. 어떻게 됐는지 알 만한 사람은 전부 죽거나 실종됐다.
 어쩌면 링링도 죽었을 것이다.

공항 바깥으로 나오면, 눈부신 아침 햇살.
 피부에 느껴지는 상하이의 1월 날씨는... 서울의 초봄 같다.
 은퇴자금이 있는 곳은 상하이 외곽의 슬럼가.
 종적을 감추기 위해 여기서부터 대중교통을 타기로 한다. 전철 노선의 끝까지 간 후, 그곳에서 다시 버스를 탈것이다. 이런식으로 누군가 자신의 행적을 쫓을 경우를 대비한다. 중국어를 전혀 모르지만, 국제도시 답게 웬만한 설명은 영어로도 해냈다. 기억 속의 지명이 있는 곳을 찾아간다.
 상하이 시내로 향하는 전철 맨 마지막 칸에 올라타는 선호. 창밖으로 공항주변의 황량한 풍경이 흐르기 시작한다.

 지금으로부터 8년 전.
 선호가 두 번째 의뢰를 했던 곳, 상하이.
 타깃은 '밤의 지배자'라는 타이틀을 가진 상하이 범죄조직 두목. 그는 나이트클럽에서 살고 있었다.
 나이트클럽을 중심으로 주류유통업과 도박장을 운영했고, 나이트클럽 주변 상권은 그의 지배하에 있었다.
 그는 무질서했다.
 어떤 날엔 하루종일 회장실에 처박혔고, 하루 종일 교외의 자동차 경주장에 있기도 했다.
 각각 다른 방향을 향하고 있는 그의 시선 같았다.
 타이밍은 그 순간의 상황에 맞춰야 했다.
 마침내 실행일.
 그날 상하이의 나이트클럽에는... 놀랍게도 한국 가요가 흐르고 있었다. 90년대 댄스 가요가.
 바 근처에 자리를 잡고 음료를 마시는 선호. 어깨를 드러내는 검정 드레스에 흘러넘치는 가발을 쓴 모습.
 주변의 다른 여자들과 최대한 비슷하게 맞췄다.
 무대 쪽 방향으로, 부하들과 함께 테이블에 둘러앉은 타깃이 보인다. 수금이 끝난 날은 저렇게 한 잔 한다.
 예상 동선을 미리 계산한 선호. 화장실 가는 타깃과 스쳐지나가고, 그는 화장실에 들어간지 10분 만에 심장이 멎은 채 부하에게 발견된다.
 신경독을 묻힌 바늘을 썼다.
 그 후, 은신처에서 얼마간을 더 지냈다.
 일주일에 한 번 장 보러 나가는 것 빼고 대부분 집에 틀어박혀 있던 시간들.
 이상할만큼 그 시간의 기억들은 흐릿하다.

"세상에서 잊혀진 것 같은 동네에요."
 의뢰를 마친 후 어느 날. 은신처에 찾아온 링링과 처음으로 사적인 이야기를 나눴다.
 상하이 중심가에 산다던 링링은, 이런 분위기가 편해서 가끔 이곳에 틀어박혀 휴식을 취한다고 했다.
 자신이 어릴적에 살았던 집이라고, 그러며 어린시절의 이야기를 해준다.
 돈이 없어서 집을 팔고 거리로 나앉게 된 그녀의 가족들. 병에 걸려 차례차례 다 죽고 막내였던 그녀 혼자 남았다.
 살아남기 위해 닥치는 대로 돈되는 일을 했던 링링. 어느 날 보니, 해커가 되어있었다고 했다. 번 돈으로 맨 처음 한 일은 어린시절 집을 되찾은 것. 그게 이 은신처라고…

얘기를 하며, 링링의 눈에선 눈물이 흘렀다.
은신처는 어떻게 변했을까?
이제 가 보면 알겠지...

3

상하이 외곽지역.
종점인듯, 운전사가 중국말로 뭐라고 소리지르자, 남아있던 승객들이 전부 내린다.
뿌연 먼지를 일으키며 떠나가는 버스.
먼지가 가라앉으면, 슬럼가의 모습이 드러난다.
사방으로 끝없이 이어지는 나즈막한 낡은 집들. 창틀에 널어놓은 빨래들이 흩날리고, 아이들은 흙바닥을 소리지르며 뛰어다닌다.
8년이란 세월이 흘렀건만, 기억 속 모습 그대로다.
누군가에겐... 이렇게 버려진 동네가 필요하다.

개울 사이 다리 위.
내려다 보이는 개울은 온통 쓰레기 투성이다.
양 옆으로 아득한 곳까지 늘어선 우중충한 집들.
여기서 은신처가 보인다.
왼 쪽에서 여섯 번 째의 2층짜리 벽돌집. 주변에 파묻혀서 꼼꼼히 헤아려야 보이는 것 까지, 여전하다.
골목에 꺽어 들어오면, 양쪽으로 똑같이 생긴 벽돌집들이 주욱 늘어서 있다. 숨죽인 듯, 모든 소리가 사라진것 같은 골목 안. 이 또한 신기할 정도로 똑같다.

여섯 번 째 집 앞.

창문도 없는 커다란 나무 문. 문 한쪽에 우편함이 붙어있다. 통에 손을 집어넣어 더듬어 보면... 열쇠가 있다.

집 안에 들어서면, 거실과 부엌, 2층으로 향하는 계단이 보인다. 화장실은 계단 뒤쪽이다.

모든게 한 눈에 들어오는 직사각형의 공간.

시간이 정지된 듯 하다.

링링은 세 달에 한 번, 사람을 보내 집을 관리한다고 했다. 그 사람이 아마 돈도 가져다 놨을 것이다.

선호의 은퇴자금은 10억. 1년에 1억씩 계산해서 10년이니까 10억이다.

돈 부터 찾기로 하는 선호.

부엌 싱크대 선반은 텅 비었고. 화장실에도 없다.

계단을 올라가면, 2층은 전체가 하나의 방이다.

침대와 옷장, 창가 아래 책상 하나가 전부인 모습.

10억이면, 대형 캐리어 세 개 정도가 있어야 하는데... 아무것도 없다.

여기는 옥상이 없다. 그렇다면 지하실이 있는 걸까?

다시 1층으로 내려온 선호.

바닥은 장판으로 덮여있다.

소파를 한쪽으로 치우고 장판을 들어내는 선호.

거실 한 복판에 두꺼운 석판이 깔린 부분이 있다!

정교한 타일처럼 딱 들어맞은 상태. 한장씩 석판을 눌러보던 선호. 마침내 모서리 부분의 움직이는 한 장을 발견한다. 그 한 장을 들어내자마자 나타나는 핑크빛 100위안 권의 모습. 석판 아래쪽의 빈 공간이 전부 돈다발로 가득 차 있다. 은퇴자금이다.
 옆에 걸터앉아 돈 한 뭉치를 꺼내 드는 선호.
 이 돈으로 이제 새로운 삶을 시작하면 된다.
 '어디서 살까?... 뭘 어떻게 하면서 지내지?'
 며칠간 여기 머물면서 생각해 보기로 하는 선호.
 배가 고프다. 일단 장을 좀 봐야겠다.

 마트도 그 자리에 그대로다.
 당시 선호의 유일한 외출 장소. 버스 종점에서 한 골목 안쪽으로 들어가면 나오는 곳이다.
 온통 중국말로 쓰여진 식료품의 미로.
 하지만 캔 음식, 빵, 신선식품, 유제품은 세계 어디를 가나 마찬가지다.
 한 바퀴 돌며 바구니를 가득 채운 선호. 계산대 근처에서 중국 패션잡지도 하나 넣는다.
 계산하는 캐셔가 선호의 얼굴을 힐끔거린다.
 이 동네는 외국인이 드물다.

 하루를 마치고 침대에 눕는 선호.
 전기 히터를 틀어놓으면 제법 훈훈하다.
 머리맡 창문으로 은은하게 달빛이 비쳐 드는 정경.
 평화로운 겨울밤이다.

어쩌면 여기서 좀 더 있게 될지도 모르겠다.
언제까지 있게될까...
머리속에 불어오는 단편적인 생각들.
그대로 녹아들듯 잠이 든다.

다음 날.
하루 종일 침대를 벗어나지 않는 선호.
앞으로의 일에 대해 생각해 보려 하면, 뇌가 정지된 것처럼 아무것도 떠오르지 않는다.
어제 마트에서 사 온 패션잡지를 뒤적이며 이해하지 못할 중국말을 무심히 바라보는 선호. 쇼핑봉투에 든 식료품을 꺼내 먹으며, 멍하게 깨어있다 잠들기를 반복한다.

셋째 날.
개울가 다리 위.
산책 나온 선호가 온 곳이다.
이 다리의 건너편으로 넘어가면, 슬럼가의 증심지가 있는 곳이 나온다고 들었던 것 같다.
어느새 다리를 건너 걷고 있는 선호.
계획도 없이, 전혀 모르는 곳을 향해 가고 있다.
지난 10년간, 한 번도 해 본 적 없는 행동이다.
어쩌면 이제부턴 이런 일에 익숙해져야 할지도 모르겠다.

과일가게, 야채가게, 길거리 음식을 파는 간이 식당들...
전통시장과 야시장의 중간쯤 되는 모습들이 이어진다.

무심히 거리를 걸어가는 선호. 멈춰선 곳은 어떤 창고같은 건물 앞이다.

갑자기 툭 끊긴 듯 인적이 없어진 주변. 건물 안에서 여러 명의 함성소리가 들렸던 것 같다.

호기심에 이끌려 출입문으로 들어가보는 선호. 안은 온통 가득한 사람들의 열기로 한여름이다.

정 중앙에 설치된 케이지를 바라보며 빽빽히 둘러 선 사람들. 여기는... 실내 격투장이다.

케이지 안에선 웃통을 벗은 남자 둘이 서로 타격을 주고받는다. 격투기 선수 같기도, 길거리 불량배 같기도 한 모습. 어느 순간. 발차기에 턱을 정통으로 맞은 한쪽이 정신을 잃고 고꾸라지자, 종이 울림과 동시에 함성이 터진다. 케이지 안에 남아있는 승리한 쪽의 모습.

확성기를 든 사회자가 나타나 뭐라고 관중을 향해 외치기 시작한다.

똑같은 한 마디를 반복하는 사회자.

문득, 핸드폰을 꺼내 번역기를 돌려보는 선호.

스크린 위로 번역 내용이 뜬다.

츄라이 탸오 잔 저 : 도전하실분 없으세요?

구경꾼 중에서 도전자를 받고 있다. 이런 식으로 싸움을 시켜놓고 돈을 챙기는 장소가 존재한다니... 링링이 왜 이쪽으로는 가지 말라고 했는지 비로소 이해가 간다.

여기는 현실로 존재하는, 무법지대다.

그날 밤.
침대에 누워 잠을 청하는 선호.
오늘, 격투장 문을 닫을 때까지 싸움구경을 했다.
새로운 도전자가 이어지며 계속됐던 싸움 판. 심지어 손님들이 지치지 않도록 중간중간 30분의 휴식시간을 둔 배려 덕분에, 근처 골목식당에서 진짜 맛있는 국수집도 발견했다.
고기국수를 먹으며 싸움구경 내기 도박으로 하루를 보내는 사람들.
이곳에선 전혀 낯설지 않은 일상이다.

4

문득 잠에서 깨는 선호.
참기 힘든 시큼한 냄새가 코로 확 밀려든다. 노숙자들이 풍기는 냄새다.
방 문 근처, 어둠 속에 누군가 서 있다.
몸을 반쯤 일으킨 채 대응할 준비를 하는 선호.
그림자가 움직여 조명스위치를 켜면...
링링이다.

손에 잡히는 대로 통조림 캔을 따서 대야만한 그릇에 전부 다 쏟아붓는 링링. 그리곤 정신없이 먹기 시작한다.

삼일 굶은 개처럼, 맹렬하게. 다 먹은 후엔 곧바로 화장실로. 샤워기 물 트는 소리가 시작된다.

"집에 오니까 좋네."
 모든 걸 마치고 소파에 앉은 링링. 처음으로 반말을 했다. 더 이상 용회장 오른팔이 아닌 자신도 그렇고, 계약이 끝난 선호를 다르게 대하려는 것 같다.
 온통 벌겋게 그을린 채 군데군데 물집 잡힌 얼굴. 핏발이 가득 선 눈을 한 리안.
 공포영화 속 좀비같은 모습이다.
 링링과 함께 용회장의 뜻을 지키려던 세력은 불행히도 제일 먼저 전멸했다. 선호에게 해독제를 전하는 걸 끝으로 죽을 처지가 된 링링. 리안의 집에 들어갈 때 이용한 하수도 통로 덕분에 쫓아오던 놈들을 따돌릴 수 있었다.
 하늘이 도운 일이었다.
 그 길로 인천항에서 몰래 화물선에 숨어 상하이까지 왔다. 컨테이너 박스 사이의 공간에서 물 한병과 참치캔 한줄로 열 흘을 버텼다는 링링.
 지금까지 링링이 보인 모든 행동이 이해가 간다.
 "우린 친구지?"
 시뻘건 눈으로 똑바로 쳐다보며 묻는 링링.
 선호가 고개를 끄덕이자, 자야겠다며 2층으로 올라간다.
 한 바탕 휩쓸고 지나간 후. 어느새 밖이 훤 하다.
 링링이 살아있다.
 선호의 가슴 속, 뭔가 뜨거운 불씨같은 것이 느껴진다.

저녁 무렵.

혼자 산책 나온 선호. 문득 정신을 차려보니, 어제 왔던 격투장 앞에 서 있다.

홀린 듯, 또다시 안으로 들어가는 선호.

케이지에는 체중이 200kg은 되보이는 거구와 문신남이 막 싸움을 시작하려는 중이다.

건장한 체격임에도 거구 앞에선 상대적으로 외소해 보이는 문신남의 모습. 몇번의 가벼운 타격이 오간 후, 본격적인 싸움이 시작된다.

양팔을 권법 자세처럼 취하고 있던 문신남의 강력한 타격이 거구에게 명중한다. 비틀거리는 거구. 신난듯, 문신남이 더 많은 타격을 가하기 위해 거리를 좁히는데...

순간 양 팔을 벌린 채 공중으로 붕 뛰어오르는 거구. 완전히 예상을 빗나간 움직임이였던 듯, 당황한 채 쳐다보는 문신남. 어떻게 할 새도없이 어중간한 자세 그대로 거구의 몸에 깔린다.

버둥대는 문신남의 머리를 공격하는 거구. 곧이어 문신남이 축 늘어지고, 종이 울리며 거구의 승리가 선언된다.

구경꾼들 사이에 돈이 오가고,

어제처럼 사회자가 나타나 사람들을 향해 소리를 지른다. 도전자 없냐는 말이었지.

문득, '나가볼까?' 하는 생각이 든 선호. 자기도 모르게 사회자 쪽으로 걸음을 옮기기 시작하는데...

뭔가 걸린다. 분명히 누가 잡아 끌었다.

돌아보면, 코에 콧물이 맺힌 꼬마.
선호의 옷을 잡아끌고 어딘가를 향해 가는 꼬마.
끌려서 밖으로 나오면, 링링이 서 있다.
건드리면 부서질 것 같은 소형차와 함께있는 모습.
"이런데 있어봤자 좋을거 없어."
의미심장한 눈빛으로 선호를 바라보는 링링. 선호가 마음을 들킨듯, 시선을 돌려 딴청을 부린다.
"시작한 일이 있는데. 같이 할래?"
"저 차로 우유배달 하자는건 아니겠지?"
농담을 던지면, 물집잡힌 얼굴로 씨익 웃는다.
"킬러에게 맞는 일. 싫으면 방 빼시고~"
운전석에 타고 시동을 거는 링링. 한참 만에 겨우 쿨럭대듯 시동이 걸린다.
그 모습에 피식 웃는 선호. 링링의 옆자리에 올라타면, 밤이 내린 상하이의 스카이라인을 향해 출발한다.

작가의 말

 이 이야기는 선호라는 인물에서 시작됐다.
 어쩌다 보니, 선호의 이야기가 만들어지는 과정 옆에 서 있었다. 그 일은 근 1년간 진행됐다.

 처음 만났던 선호는,
 딸 셋을 연이어 낳은 집 둘째 딸로, 점점 미쳐간다는 스토리에 살았다.
 이 이상은 공개하기 어려운 점, 양해를 구한다.
 창작자의 노력은... 정말 눈 뜨고 보기 곤란한 수준의 눈물겨운 것이었다.
 한약재가 약짜기 막대 사이에서 주리를 틀린 채,
 말라비틀어질 때까지. 모든 액기스를.
 마지막 한 방울 끝까지 짜내는 상황을 떠올려 주시면 되겠다.

 창작자는 욕망했다.
 최소 사십 명 중 한 명 수준의 경쟁이 펼쳐지는, 공모전을 원했다.
 통과자에겐 영예와 함께 관련 전문가들의 지원이 주어졌다.
 바늘구멍을 지나면 갑자기 온 우주가 펼쳐지는 듯한, 드라마틱한 극대비.

불확실과 불안에 맞서는, 정신육체적 몸부림이 이어졌다.

공모전 결과... 아무 답이 없었다.
무참히.
창작자의 눈에서 좌절과 절망을 느꼈다.
결과 발표라는 이름의 멸망을 지켜보는 것 같았다.
그 순간. 난, 이 이야기를 떠올렸다.
선호를 다시 이 세상에 부활시키고 싶었다.
그때 죽었던 그 선호를.
그렇게 킬러 선호의 이야기를 시작했다.
자기만족에 우선하여 썼음을 고백한다.
부디 가볍게 즐기시길.

2023년 8월
료묘

스위밍풀 장편소설
그들은 만나고, 죽는다
© 료묘 2023

1판 1쇄 2023년 9월 9일

지은이 료묘
펴낸이 금세혁
디자인 사우르스
제작처 태산 인디고
펴낸곳 스위밍풀

출판등록 제2023-000036호
이메일 amag100@naver.com

ISBN 979-11-983335-4-4 (03810)

* 이 책의 판권은 지은이와 스위밍풀에 있습니다. 이 책 내용의 전부 또는 일부를 재사용하려면 반드시 양측의 서면 동의를 받아야 합니다.